GÉOGRAPHIE D'UN ADULTÈRE

AGNÈS RIVA

Géographie d'un adultère

roman

l'arbalète gallimard

l'arbalète

collection dirigée par
Thomas Simonnet

À ma grand-mère Renée, qui a tant attendu des hommes

L'habitacle de la voiture de Paul

L'intérieur de la voiture de Paul est un espace au volume assez limité, distribué avec une certaine rigueur. Il propose quatre places assises matérialisées par des fauteuils ergonomiques à la forme si étudiée qu'il semble quasi impossible d'installer sur la banquette arrière une cinquième personne. Les sièges avant sont séparés par un accoudoir court et situé à mi-hauteur ne comportant pas de compartiments pour ranger des affaires de petite taille, lunettes de soleil ou CD.

Fauteuils en cuir, seuils de porte en aluminium, pédalier en acier inoxydable, l'habitacle du véhicule traduit l'ambition de son propriétaire : posséder à la fois tout le confort et le luxe possibles, mais en miniature et pour le prix d'un modèle d'entrée de gamme.

L'odeur de Paul est très présente, elle saisit Ema à chaque fois qu'elle pénètre dans la voiture, un effluve fortement boisé, mêlant le parfum habituel de l'homme à sa transpiration, mais sous une forme plus concentrée.

Après leur séparation, lorsque Paul s'arrêtera parfois

à sa hauteur et baissera la vitre pour lui parler, il suffira à la jeune femme de sentir cette odeur pour vaciller un instant, avoir le sentiment d'être à nouveau aspirée vers l'intérieur.

Paul a vite été très clair sur la manière dont il voyait leur relation. Il a invoqué son manque de temps et ses difficultés à disposer de sa personne, en raison de ses obligations familiales. « Nous nous verrons pendant nos activités sociales communes, mais les rendez-vous en tête à tête ne pourront être qu'exceptionnels. » Ayant déjà l'expérience de ce genre de relation, il a aussi mis Ema en garde contre la souffrance qu'on peut éprouver à se représenter l'univers de l'autre, sur lequel on n'a pas prise. « Épargne-toi d'établir une comparaison et de lister tout ce qu'il nous est impossible de faire, sinon tu ne pourras que te heurter à un mur. »

Ema a fait mine de comprendre, tout en espérant faire évoluer Paul sur ses positions. Elle s'imaginait pouvoir le rencontrer loin de chez eux et de leur quotidien, mais toute échappée étant pour l'instant irréalisable, elle s'accommodait des moments passés avec lui dans des espaces contraints, comme l'habitacle de sa voiture.

Les finitions du véhicule portent la signature de l'homme. L'élégance des éléments décoratifs chromés, l'habillage de cuir du volant, la poignée du frein à main et la boîte de vitesses suggèrent une conduite sportive. Ses manœuvres sont sûres mais brusques. Ni perte de temps ni espace superflu, c'est la raison pour laquelle il a choisi une voiture compacte et maniable. Une fois calée dans le fauteuil, Ema se sent à chaque fois embarquée, propulsée vers l'avant, sans autre possibilité que de suivre le mouvement.

Il y a dans les décisions soudaines de Paul (faire un détour avant de la ramener chez elle, la réquisitionner d'office pour une simple course dans une ville voisine) quelque chose qui ravit Ema, comme si la voiture disposait d'un pouvoir magique, qui la transporte vers un ailleurs encore indistinct. Elle se sent alors submergée par un sentiment de confiance et de liberté absolue.

« Et si on partait maintenant, là ? » semble toujours être à deux doigts de formuler Paul, dès que son véhicule se met à prendre un peu de vitesse.

Pourtant, malgré des débuts prometteurs, ces fugues ne débouchent sur rien et la certitude de leur inutilité finit tôt ou tard par déprimer Ema. Paul, lui, ne semble pas partager cette déception, et se contente du plaisir de rouler en silence. En réaction à ce qu'elle considère comme du détachement, la jeune femme, légèrement agacée, se saisit alors de la poignée supérieure pour se donner une contenance.

Paul est d'autant plus à l'aise dans sa voiture que celle-ci constitue une deuxième maison. Expert en bâtiment et travaux publics, il passe beaucoup de temps hors de chez lui, dans des déplacements professionnels, qui lui permettent aussi de reprendre sa respiration.

Lorsqu'il la sait seule chez elle, c'est de là que son amant l'appelle, parfois tardivement, alors qu'il roule entre la sortie de son club de natation et son domicile. Dans ces moments, l'homme paraît plus détendu que d'ordinaire, vainqueur provisoire d'une course d'obstacles ou plus modestement recentré sur lui par la pratique du sport, comme s'il n'était vraiment disponible qu'en mouvement, dans cette intention de quitter un point pour un autre.

Parfaite extension de lui-même, l'intérieur de la voiture est donc organisé pour que tout soit à portée de main. Les lunettes de soleil, qu'il extrait d'un geste prompt de la boîte à gants, en se penchant légèrement vers Ema, la pince à ceinture de sécurité pour plus de confort, la climatisation qui tourne à fond, pour maintenir une température indécemment haute, la parka de chantier posée sur la banquette arrière, les chaussures de sécurité dans le coffre, et l'accoudoir court qui lui permet de passer facilement du levier de vitesse au genou de la jeune femme et inversement, provoquant un début de malaise chez Ema, comme si, par ce geste automatique, elle aussi rejoignait le domaine des accessoires.

Cet espace si personnel, Paul y a accueilli Ema pour la première fois sur le trajet entre le conseil des prud'hommes où ils exercent tous les deux et leur domicile. Il leur a permis de faire connaissance.

Un jour, Ema avait profité de l'arrêt de la voiture et d'un temps de silence pour avouer à Paul ses sentiments. Il venait de lui apprendre qu'il avait perdu sa mère. Elle l'avait déjà entendu parler avec tendresse de cette femme courageuse et droite qui l'avait élevé seule avec ses frères et sœurs. À l'écoute de sa souffrance, il lui a semblé que c'était sa propre mère qui était décédée la veille. Une digue en elle avait cédé et elle avait soudain éprouvé l'envie de prendre la main de Paul et de communier avec lui. Cela faisait des semaines qu'ils se confiaient l'un à l'autre, sans que leur relation veuille enfin dire son nom. Ema se sentait l'impatience d'un homme et lassée par ses propres atermoiements de femme. Elle avait envie que Paul lui parle d'autre chose. Elle avait envie qu'il lui parle d'amour.

— Il faut que tu saches que j'éprouve des sentiments pour toi, et que, si tel n'est pas ton cas, il serait préférable de prendre nos distances, avait-elle fini par lui dire.

— C'est une bonne chose que tu en aies parlé la

première, car j'éprouve, moi aussi, la même attirance, et je ne savais pas comment te l'avouer, avait répondu Paul.

Visiblement très troublé, il avait marqué un silence avant de s'exprimer, et un fort sentiment de vertige avait saisi Ema, comme quelqu'un qui se tient au bord d'une falaise et ne sait pas s'il va tomber ou non.

Depuis cette première fois où elle avait osé mettre des mots sur le vide, l'intérieur du véhicule était devenu un lieu favorable aux épanchements intimes.

Le bruit des portières qui se referment sur eux est un premier soulagement, la satisfaction d'être enfin à distance du monde extérieur. L'atmosphère se modifie instantanément, comme si le claquement des portières était le signal.

Paul ne relâche pas son attention pour autant, observant, à travers les vitres, la rue et les passants. « De notre relation, rien ne doit transparaître », répète-t-il souvent à Ema, sur un ton un peu sévère, se félicitant, peut-être rapidement, du caractère raisonnable de la jeune femme, qu'il tient pour acquis depuis qu'il la côtoie.

La plupart du temps, ils stationnent la voiture en ville, à proximité du conseil des prud'hommes, mais toujours en retrait. S'ils sont obligés de se garer dans la même rue que le conseil, ils veillent à s'en éloigner au maximum, au-delà du rond-point.

Ainsi repliés dans l'ombre, ils peuvent apercevoir de loin la scène, les membres du conseil qui finissent de se disperser en échangeant quelques mots, le quartier se vidant, à la tombée du soir.

Cette position de recul offre un angle différent pour appréhender le jeu social, enlève un peu de la pression habituelle, notamment pour Ema, habituée à se précipiter vers les lieux de réunion, comme si elle craignait toujours de ne pas pouvoir faire corps avec les autres.

Quand ils seront séparés, c'est ce recul qui manquera le plus à la jeune femme, lui fera appréhender de prendre à nouveau les événements de plein fouet.

Les minutes comptées, le lieu clos et étroit que constitue l'habitacle, ainsi que leur position l'un à côté de l'autre, et non face à face, tous ces facteurs libèrent la parole. C'est dans ce lieu seulement que Paul dit «nous».

Lorsqu'ils ont entamé une discussion importante, juste avant le début d'une audience, ils restent là, parfois, sur le fil de l'attente, retardant le plus possible le moment de surgir pour rejoindre les autres. La liberté de ton, entre eux, est telle que Paul s'en étonne souvent à voix haute. Comme ce jour où, rougissante d'émotion, Ema s'était employée à lui dévoiler la part de solitude que son mariage n'était pas venu combler.

— Tu ressembles à un iceberg, lui avait répondu

Paul pour la taquiner, ce que l'on voit de ta personnalité n'est en fait que la partie émergente. En dessous, tu es une somme d'affects et d'émotions confuses qui te compliquent la vie.

Cette facilité à échanger intellectuellement alimente chez Ema le fantasme d'un espace amoureux idéal où tout pourrait être dit et compris en même temps qu'il éveille un désir physique la laissant sur sa faim au moment de leur séparation.

À cause des vitres non teintées et des réverbères qui jalonnent les rues, jetant un halo de lumière dans l'habitacle, leurs gestes restent contraints. Ils ne peuvent se permettre que des mouvements discrets, leurs deux mains qui se serrent dans l'ombre du véhicule, en dessous de l'accoudoir, Paul qui caresse furtivement l'arrière de la joue de la jeune femme, mais s'étreindre et s'embrasser sont des élans qu'ils ne s'autorisent qu'une fois sortis de la ville. Et là encore, l'attitude de l'homme conserve une certaine raideur, une façon démonstrative d'ôter sa ceinture avant de pivoter maladroitement de trois quarts vers la jeune femme.

L'existence de ces instants privilégiés est complètement dépendante du bon vouloir de Paul, selon qu'il passe la chercher ou qu'elle soit contrainte d'effectuer la route en solitaire au volant de sa propre voiture, selon qu'il la ramène directement chez elle ou qu'il décide de repousser un peu le moment de la séparation. Ema se retrouve donc suspendue aux impératifs de son agenda.

Au fil des semaines, la jeune femme constate que Paul est capable de rester des jours sans lui donner signe de vie. Lorsque cette absence se prolonge trop longtemps et faute de pouvoir parler librement au téléphone, l'espace de la voiture lui permet de se le réapproprier : « Que se passe-t-il ? », « Où étais-tu ? », « Pourquoi ne prends-tu pas soin de me donner des nouvelles ? »

« Oui, je comprends ton inquiétude », « Je n'ai pas vu le temps passer », « Je te promets de faire plus attention à l'avenir », lui répond Paul aussitôt.

D'abord en colère, Ema finit, câline et douce, par lui murmurer ce qu'elle attend de lui, qu'ils se retrouvent dans un espace plus intime, dans un restaurant à Paris par exemple. Mais quand, faute de réponse concrète, la jeune femme commence à douter, il suffit à Paul de saisir sa main et de plonger ses yeux dans les siens en lui parlant avec douceur pour qu'ils retrouvent instantanément l'étincelle et que leur attachement, la force de leur lien apparaissent à Ema comme une évidence.

Le coin de la cuisine de la maison d'Ema,
compris entre l'évier et le réfrigérateur

La jeune femme ne travaillant qu'à mi-temps, sa maison s'est vite imposée comme un lieu où se retrouver rapidement et discrètement le matin, en attendant mieux.

Depuis qu'elle aime Paul, Ema tente comme elle peut de concilier son quotidien, l'équilibre qu'elle a mis des années à construire et cette relation qui la bouscule et l'affole. Quelque chose en elle s'est durci qui l'aide à lutter contre l'exaltation qui pourrait lui faire perdre pied.

Souvent, dans l'habitacle de la voiture, le désir qu'elle réprime d'enlacer Paul lui serre si fort la poitrine qu'il l'empêche presque de respirer. Elle se met à avoir honte de ce désir éperdu qui n'obtient pas satisfaction. « Comment fait Paul pour dominer si bien sa passion ? » se demande-t-elle alors.

C'est peut-être parce qu'elle a tant besoin d'intimité que le danger d'ouvrir provisoirement sa porte ne lui est pas apparu tout de suite comme problématique, même lorsque Paul, évaluant les lieux possibles pour se retrouver, a pris soin de déclarer, sur un ton sans réplique : « Ma maison est un sanctuaire. »

« Tu devrais vraiment faire mettre des stores sur cette fenêtre », dit-il à chaque fois qu'il entre chez Ema.

La maison d'Ema date des années 80. C'est un modèle d'entrée de gamme de type F4-F5 décliné dans toutes les régions de France et dont la seule fantaisie réside dans la couleur bleu lavande des volets. Depuis la première visite de l'homme et la longue étreinte qui a suivi derrière la porte refermée et jusqu'à leur séparation à cette même place, tous les élans des amants ont été conditionnés par la fenêtre du rez-de-chaussée, puisqu'il apparaîtrait suspect de clore les volets en plein jour.

Cette fenêtre et le velux de l'étage sont les deux seules ouvertures de la maison donnant sur la rue. Un voilage en tergal transparent, choisi pour sa finesse, propre à laisser passer la lumière, floute à peine ce qui se passe à l'intérieur.

La rue étant assez étroite, le recul est faible et, à moins d'être attentif au moindre bruit, les figures des gens s'encadrent tout à coup là, sans qu'on ait pu s'y préparer.

Ce sont souvent des petits coups frappés à la fenêtre qui font se retourner Ema, quand le facteur écrase son visage contre la vitre, scrutant impatiemment l'intérieur de la pièce pour lui remettre un recommandé ou un colis.

Elle a aussi appris à guetter le bruit de la voiture de son mari s'engageant dans la rue, sa manière assez maladroite de négocier la marche arrière pour se garer en faisant craquer la boîte de vitesses, et celui du bip de la télécommande quand il ferme la portière. Peu après, la silhouette de son époux se dessine de plus en plus nettement dans le cadre de la fenêtre, au fur et à mesure qu'il se rapproche de la vitre, par laquelle il jette toujours un coup d'œil comme s'il voulait surprendre quelque chose ou s'assurer que tout était bien en ordre pour son retour.

Avant de s'installer avec Ema à la table du séjour, Paul a coutume de tourner un peu dans la pièce, pour commenter la disposition des objets ou remarquer l'acquisition d'un nouveau meuble.

— C'est exactement cette forme et cette couleur que je voudrais quand je changerai les chaises chez moi, avait-il dit un jour en montrant un fauteuil design incurvé en polymère blanc. Ce sera mon siège quand je viendrai, si tu veux bien, s'était-il permis d'ajouter en riant.

Cette façon de se mettre à l'aise avait d'abord étonné la jeune femme, avant qu'elle n'apprenne de la bouche de Paul que toutes ses anciennes maîtresses étaient célibataires ou divorcées, pour expliquer sa tendance à considérer les lieux d'habitation de ses partenaires comme des annexes de la sienne. Au fond, cette décontraction ne gêne pas Ema, qui y voit plutôt une tentative de son amant de remettre jalousement la main sur elle, en badinant un peu sur les projets et les achats réalisés avec un autre homme que lui.

Une fois assis, un café à la main, ils parlent de choses et d'autres, de leurs activités communes au conseil des prud'hommes ou de sujets plus personnels, comme la relation conflictuelle de Paul avec une de ses filles jumelles.

« J'ai failli t'appeler pour te demander conseil mais j'ai pensé qu'il fallait que j'agisse seul, comme un grand garçon », lui avoue quelquefois Paul, comme ce jour où il avait trouvé sur Facebook des photos d'elle dont il se demandait si elles n'étaient pas trop provocantes.

Dans ces occasions, Ema entrevoit l'importance que son jugement peut avoir pour lui et s'en étonne, elle qui manque souvent de confiance en elle. Paul n'omet d'ailleurs jamais de lui en faire la leçon, depuis qu'il a constaté lors d'une séance de conseil qu'elle pouvait se laisser déborder par son émotivité.

« Cloisonne, lui répète-t-il souvent, ne laisse pas tes émotions personnelles empiéter sur des jugements qui doivent rester rationnels. »

Le regard de son amant, son ton de maître d'école pèsent alors sur elle, ce qui à la fois l'agace et la trouble érotiquement. Paul est le premier homme depuis longtemps à connaître d'aussi près ses activités sociales et son organisation personnelle. Elle réalise combien elle a besoin d'un point de vue sur son travail, d'une approche structurée et pragmatique, et combien elle attend fébrilement l'approbation de Paul. Celui-ci est-il seulement conscient de cette influence qu'il exerce sur elle ?

De temps à autre, s'il est débordé, il lui arrive de sortir son planning et un téléphone et de se mettre à régler des affaires de chez elle pour pouvoir rester plus longtemps en sa compagnie.

Sa simple présence, même s'il est indisponible, apaise Ema, qui souffre de ses périodes d'absence, où pas un mot, pas un SMS ne vient la sortir de ses doutes, éloigner l'idée qu'il puisse prendre leur relation à la légère.

Quand il a du temps à lui consacrer et que ses visites se font plus fréquentes, elle prend confiance, et se plaît à imaginer que bientôt sa maison ne sera plus leur refuge, mais un simple endroit pour prendre des nouvelles de l'autre autour d'un café, juste un lieu pour patienter jusqu'à une prochaine « vraie rencontre ».

Le désir de s'enlacer les conduit invariablement dans le renfoncement de la cuisine, espace ayant la particularité d'être masqué de la fenêtre du rez-de-chaussée par une paroi vitrée à châssis métallique.

Les seules concessions d'Ema à la modernité ont été la pose de volets roulants dans toutes les chambres et la rénovation de la cuisine à l'américaine. Celle-ci se compose de meubles en acrylique noirs et blancs et d'appareils électroménagers encastrés, l'ensemble des éléments ayant été agencés de manière à former un U, dont le côté gauche est prolongé vers le milieu de la pièce à vivre par une desserte.

Partout ailleurs la maison est demeurée telle qu'à son acquisition : une unité d'habitation standard pour classe moyenne dont la simplicité laisse finalement toute la place à un extraordinaire dont Ema est depuis toujours persuadée qu'il ne peut venir que de l'extérieur.

Le coin dans lequel ils se retranchent est situé entre l'évier et le réfrigérateur. D'un côté un meuble de rangement sur le mur du fond. De l'autre, la vasque et un plan de travail. Au-dessus de cet espace, une toile tendue, où sont encastrés des spots lumineux, forme un faux plafond décoratif et rencontre à son extrémité une hotte métallique arrondie telle une cloche. Derrière la gazinière, une fenêtre à deux vantaux coulissants donne sur le jardin et sur un côté de la véranda de la maison mitoyenne.

Aussi étriqué qu'il soit, cet espace s'avère finalement plus propice à étancher leur soif d'unité physique que l'habitacle de la voiture de Paul, dans lequel leurs gestes sont raides et empruntés.

Ema s'y abandonne avec passion aux baisers de Paul et à ses caresses. La peau extrêmement fine et un peu sèche de ses lèvres, leurs lignes presque fermées d'abord, puis s'ouvrant largement sur les siennes. La sensation étrange, après la chevelure clairsemée de son mari et sa nuque découverte, de toucher celle plus fournie de son amant, les quelques boucles qui recouvrent l'arrière de sa tête. La main d'Ema défaisant ensuite quelques boutons, glissant sous la chemise de Paul pour caresser son torse imberbe, tout en pressant son corps contre le sien. Les gestes lents et délicats de l'homme, qui ne font qu'effleurer sans peser, sur ses seins, son ventre, son visage.

Le contact innocent de ce corps souple et chaud semble démentir la distance faite d'autorité et de réserve que maintient habituellement Paul entre eux, distance liée aussi à sa plus grande expérience des relations amoureuses.

Elle a envie que Paul s'attendrisse, qu'il tombe un moment sa carapace pour s'abandonner dans ses bras. Si proche d'elle, souffle contre souffle, il fait preuve d'une timidité qui lui semble de bon augure, comme si le fait de se déshabiller, même partiellement, les plaçait tous les deux sur un plan d'égalité, aussi fébriles que s'ils ressentaient ces émotions pour la première fois.

« On ne sera jamais plus excités, je crois », murmure Paul à l'oreille d'Ema, après qu'ils se sont longuement embrassés, comme pour l'inciter à sauter le pas, mais sans jamais chercher à la forcer.

La jeune femme refuse de toute façon de se laisser prendre debout, comme si elle ne pouvait supporter autant de crudité, ou qu'elle s'interdisait de se prêter à une sorte de rapine sur le territoire marital, dont elle se doute que l'idée n'est pas sans exciter son amant.

Aussi se maintiennent-ils volontairement dans cette position inconfortable, appuyés au bord du plan de travail, Ema toujours dans la même position, les fesses posées contre le revêtement de l'évier, les yeux tournés dans la direction de la fenêtre du bas, celle-ci lui étant masquée par la paroi vitrée, tout son corps se plaçant de manière incongrue au regard de la fonctionnalité d'une cuisine, tournant finalement le dos à cet espace sur lequel, d'habitude, elle s'affaire et se penche.

Il arrive pourtant que la donne s'inverse, à l'image de ce jour où Paul lui avait demandé d'un ton suppliant, après une première dispute dont il se sentait responsable, de le rejoindre dans le coin : « Viens dans mes bras, que je me sente à nouveau entier. » Paul avait alors calé ses reins contre l'évier et cela avait été au tour d'Ema de se blottir contre lui. La perspective avait changé, elle regardait pour une fois par la fenêtre ce jardin qui l'avait conquise dès la première visite, avec ses arbres fruitiers qui lui donnaient l'aspect d'un verger et leur offraient, l'été, une ombre bienfaisante.

En fin de journée, elle a l'habitude de s'y promener pour penser à Paul. Dans ces moments-là, le désir qu'elle a pour lui lui donne un sentiment de toute-puissance et abolit les distances. S'il vient justement à appeler, Ema, téléphone à la main, s'asseyant sur un coin de gazon, reprend avec lui le cours d'une conversation. Elle s'étonne du pouvoir des mots, qui, parfois, au hasard d'un échange plus passionné, réussissent un peu à panser le désir physique qu'elle a de lui.

Sinon, elle va jusqu'à la palissade en bois, tout au bout du jardin, et reste ainsi, les yeux tournés dans la direction de la commune où habite son amant, jusqu'à ce que la voisine lui fasse un signe, interrompant sa méditation, ou que la voiture de son mari se gare dans l'allée.

Pour Ema, sa maison a toujours constitué un refuge, un endroit où reprendre des forces, le premier lieu qu'elle ait vraiment fait sien. Quand elle se retrouve dans les bras de Paul, qu'ils sont serrés dans leur coin, il lui semble qu'un bouclier magique la protège.

Sa perception de la maison dans ces moments-là est comme teintée d'irréalité, ce qui lui permet, plus tard, d'y évoluer sans trouble une fois qu'il est parti.

La récente modernisation de sa cuisine l'aide beaucoup à s'imaginer ailleurs. Le coin où elle se tapit avec Paul entre l'évier et le réfrigérateur semble n'exister en tant que tel que lorsqu'elle est avec lui. Le reste du temps, quand elle est en famille, il s'efface dans un plan plus large, jusqu'à disparaître complètement, se transformant, dans le mouvement des uns et des autres, du frigo vers la desserte, de l'évier vers le placard, en un simple couloir.

Malgré tout, lorsque Paul et elle parviennent enfin à se détacher l'un de l'autre, Ema essaie de lui faire comprendre que cette situation, leurs étreintes dans sa maison familiale ne peuvent pas durer.

Elle cherche alors à s'éloigner le plus possible de son amant, appuyée contre la porte vitrée de la salle à manger, mains derrière le dos. Mais lorsqu'elle se met à parler, ce sont des bribes de phrases qui sortent, des propos décousus, à l'image de ces princesses de contes de fées auxquelles on a jeté un sort et qui, en ouvrant la bouche, régurgitent des grenouilles ou des pièces d'or.

Un jour que Paul, qui ne travaille pas, est venu voir Ema en début d'après-midi, leurs jeux sensuels les entraînent encore plus loin.

— Ça suffit, dit la jeune femme en s'écartant, regimbant devant le goût de son amant pour la facilité. Si tu veux faire l'amour, prenons ta voiture et cherchons-nous un hôtel.

L'espace hexagonal qu'ils occupent, qui d'habitude facilite leurs mouvements de par la verticalité de leur position et la place précise qu'ils y occupent – comme les marquages au sol des plateaux de cinéma –, ne lui semble plus que ce qu'il est : un recoin étroit, de un mètre carré et demi environ.

— Je ne peux pas m'éloigner, explique Paul, j'ai pris ma journée pour faire des travaux et j'attends une livraison. Je suis désolé.

Une fois l'homme parti, Ema se retrouve seule entre les murs de la maison, soudain privée d'énergie.

D'habitude, lorsqu'elle quitte Paul après une rencontre à l'extérieur, elle est tout à sa joie d'entretenir une relation secrète. Même sa maison lui apparaît différente : des murs protecteurs, un espace dépouillé et plus clair que d'habitude, l'idée de leur amour si vive qu'il suffirait de tendre la main pour pouvoir la toucher.

Mais maintenant que Paul a quitté les lieux, la laissant dans leur désordre, son intérieur lui semble d'une blancheur morbide, comme dans cet état de confusion où plusieurs temps se mêlent, sans que l'on sache dans lequel on peut bien se trouver. Elle ne se sent la force que de prendre un bain et de laisser flotter le reste de la journée, incapable de se concentrer.

Ce soir-là, elle fait un rêve. Paul l'appelle et elle le rejoint dans une pièce où il est seul, assis derrière un bureau. Il commence à lui donner des consignes, sans jamais s'arrêter de trier des dossiers.

— J'ai ouvert ce fichier pour nous, lui explique-t-il avec bienveillance, en lui montrant sur l'ordinateur le chemin pour y accéder. Tu peux l'alimenter quand tu veux.

Puis il regarde sa montre, dit qu'il est attendu pour un rendez-vous qui l'oblige à partir sur-le-champ et se volatilise, laissant à Ema le sentiment d'un vide insupportable.

« Où est-il parti ? se demande la jeune femme dans le rêve, où peut-il bien se trouver maintenant ? »

La chapelle

Ils s'échappent parfois le soir, à l'issue des audiences du conseil. Paul l'emmène à la sortie de la ville, dans une sorte de no man's land constitué d'un grand terrain vague et, de l'autre côté de la route, d'un monastère habité par des sœurs.

L'édifice est une grande bâtisse sans charme, en pierres et en béton, recouvert de zinc, ménageant dans la façade de petites ouvertures rectangulaires munies de barreaux galbés, en épi. Plus originale est la chapelle, création contemporaine de petite taille, accolée au bâtiment principal. Cube de béton au toit aplati, ses lignes épurées témoignent de son ajout à une époque plus récente, vraisemblablement les années 70, et semblent l'œuvre d'un architecte. Longeant une haie de peupliers, la façade a été percée de vitraux en forme de rectangles allongés. À l'intérieur, la faible ouverture des fenêtres, la couleur ivoire des petits carreaux dessinant sur les murs une mosaïque indiscernable, la mince croix en fer au-dessus de la porte et la sobriété générale de l'ensemble sont propices au recueillement.

Sur son fronton, la chapelle porte une inscription, « Icare », dont l'intention demeure énigmatique. Volonté de l'architecte de lier l'édifice au quartier le plus proche avec ses rues aux noms d'aviateurs célèbres, ou mise en garde des sœurs contre les dangers des avancées technologiques ?

Retirée comme elle est, la chapelle attire moins de fidèles que les églises des centres-villes environnants. Paul, lui, fréquente le dimanche un temple protestant dont la couleur de la façade rappelle à la jeune femme les santons jaunâtres prêts à peindre qu'on offre aux enfants pour Noël. Son fronton donne sur l'artère principale de la commune, repère des notables du coin, qui s'attardent toujours un moment sur son vaste parvis. En période électorale, la halle couverte ne se situant qu'à quelques mètres de là, un pas leur suffit pour qu'ils se montrent à leurs administrés. Depuis quelque temps, Paul s'y rend avec plus d'assiduité, accompagné de sa famille. Ema ne peut s'empêcher de se sentir trahie, comme si consolider ainsi sa structure familiale ne pouvait se faire qu'à ses dépens.

La jeune femme n'est pas pratiquante, mais elle trouve que la simplicité de la chapelle incite à y entrer. La veille de l'enterrement de sa mère, elle était allée frapper à la porte des sœurs, bouleversée que le curé de la ville leur ait refusé ses services sous prétexte qu'elle et son mari n'étaient pas connus de la paroisse.

Les moniales s'étaient excusées de ne pouvoir sortir pour venir au cimetière, mais elles promirent de se recueillir en sa mémoire. Sa mère trouvait une terre d'accueil entre ces murs, comme s'il était urgent – à cause de la souffrance intolérable – qu'une porte s'ouvre, où que ce soit. Or, ce jour-là, dans l'entrée du couvent, sous la coiffe, c'étaient les visages ronds des sœurs, légèrement penchés, qui étaient emplis de compassion.

Lorsqu'ils stationnent la voiture devant le monastère, Paul emprisonne généralement la main d'Ema – qu'elle a souvent posée sur son genou – dans la sienne, et ils restent un long moment ainsi, sans rien dire, laissant le temps à leurs émotions de remonter avec force.

— Je crois que nos attentes ne sont pas les mêmes, dit la jeune femme à son amant, la voix un peu tremblante, en s'efforçant d'accrocher son regard, je vois bien que je suis plus impliquée que toi.

L'instauration d'habitudes sur lesquelles compter, la possibilité d'utiliser sa maison pour se voir en dehors du travail se sont soldées par un échec, les visites de Paul chez elle restant toujours irrégulières. D'un rendez-vous à l'autre, il lui semble que l'homme l'oublie tout simplement, qu'il passe à autre chose. Les affaires qui l'absorbent forment un temps incompressible dans lequel il disparaît.

Paul hésite avant de répondre, comme s'il préparait soigneusement ce qu'il va dire. «Devine-moi», dit-il souvent à la jeune femme, arguant de ses difficultés à se livrer, formulation qui a tendance à agacer Ema, qui croit y retrouver le penchant de l'homme pour la facilité.

— J'ai des attentes très grandes, moi aussi, finit par lui répondre Paul.

Il se met alors à lui expliquer qu'au début il était seulement attiré par elle et par l'intelligence dont il la voyait faire preuve au conseil des prud'hommes, mais que dorénavant, depuis qu'ils se sont rapprochés, il éprouve des sentiments de plus en plus intenses.

— Il va nous falloir une gestion beaucoup plus fine de notre relation que je ne le pensais au départ, conclut l'homme d'un ton préoccupé.

Puis, d'une manière un peu légère et très maladroite, il évoque son épouse, moins intelligente qu'Ema, et les liens qui subsistent néanmoins avec elle.

La jeune femme est piquée par cette réflexion de Paul, qui vient déranger ce moment d'intimité, où elle s'apprêtait à lui offrir *Des bleus à l'âme* de Françoise Sagan qui l'avait enthousiasmée. Elle espérait même échanger avec son amant sur sa lecture.

« Impossible, décidément, de nous extraire de notre quotidien », se dit Ema, le livre resté dans son sac.

La jeune femme jette un coup d'œil à l'extérieur de la voiture. Le cadre dépouillé est plein de promesses, la chapelle avec le ciel au-dessus, le silence qui doit régner à l'intérieur ne peuvent que favoriser leur rapprochement. Un endroit clair et bleu dans lequel, pour une fois, ils ne seront pas parasités.

Ema se fait une idée fort romanesque des relations amoureuses. Dans le monde très codé, balisé, formaté où elle vit, plein de systèmes intrusifs qui menacent les libertés, il lui semble que les sentiments amoureux demeurent une aventure qui échappe à tout contrôle, la seule vraiment singulière et imprévisible. Elle pense que sa foi en l'amour lui tient lieu de spiritualité. Cette conviction achève de lui donner l'envie soudaine, ce jour-là, de pénétrer avec Paul dans le monastère.

Après s'être présentés à l'accueil, ils suivent une sœur le long d'un grand couloir pavé de dalles noires et blanches usées jusqu'à un vestibule plongé dans la pénombre, donnant sur une arrière-cour, le seuil de la chapelle, et un atelier de fabrication d'objets religieux en bois d'olivier.

La sœur actionne à distance la porte de la chapelle, avant de s'éloigner et de les laisser seuls. À l'intérieur le silence les saisit, en même temps qu'une sensation d'humidité.

Dès leur entrée, Paul tourne, observant tout, les bras dans le dos, comme s'il visitait un appartement témoin, faisant s'interroger Ema sur la signification que peut bien revêtir pour lui la fréquentation d'un lieu de culte. L'homme n'a jamais aimé rendre des comptes, ni à elle, comme elle a déjà pu en souffrir, ni même au pasteur qui lui a reproché l'autre jour de ne pas compter ses filles parmi les membres de l'aumônerie du collège.

«Je n'étais même pas au courant, a-t-il avoué à la jeune femme, c'est mon épouse qui gère ça habituellement. Difficile d'expliquer au pasteur toutes les choses avec lesquelles je dois déjà jongler.» Si Ema se plaît à imaginer Paul surpris, masquant son agacement d'être pris en faute, cette anecdote ne lui a pas permis de saisir l'importance qu'il accorde à la religion, ni ce que recouvre ce «socle de valeurs autres que marchandes» que l'homme lui a dit vouloir voir inculqué à ses enfants.

Tandis que Paul se tient à l'écart, la jeune femme reste debout, fixant l'autel, appuyée contre un banc, retrouvant son immobilité de petite fille, lorsqu'elle attendait d'être gagnée par la solennité des lieux.

L'étroitesse de la chapelle et le plafond en lambris lui font penser à une auberge. Et, par extension, à une image impie, celle d'un hôtel des bords de Marne et de son toit en imitation chaume, dont elle est persuadée, depuis toujours, qu'il sert de lieu de rendez-vous à des couples libertins.

Lui revient alors le souvenir de l'amie adultère de sa mère, les efforts qu'elle avait fournis pour la faire rentrer dans son foyer, pratiquement contre son gré. Le mari de cette femme qui ressemblait à un prêtre avec sa coupe au bol. Pas très sexy. La rigueur morale de sa mère. Et puis cette messe de Noël à laquelle elle l'avait fait assister dans une période sombre de sa vie de célibataire alors qu'elle n'avait pas mis les pieds dans une église depuis des années. Le banc dur, les voix qui s'élevaient. Toutes les tentatives de sa mère, alors, pour l'empêcher de s'enfermer dans la solitude.

« Pourquoi mes pensées me ramènent-elles vers elle ? » s'étonne Ema.

Elle regarde en direction de Paul, désormais immobile, tête baissée, les mains croisées devant ses cuisses, s'efforçant de ne montrer aucune expression, de contrôler ses mouvements. Mais un léger tressautement au niveau du muscle de la mâchoire trahit son émotion. Ema lui trouve l'attitude d'un pénitent. A-t-il du remords de l'avoir blessée stupidement tout à l'heure en parlant de sa femme, ou bien est-il plongé dans un autre abîme ?

L'expression sur le visage de Paul lui rappelle une phrase sortie un jour de la bouche de son amant, alors qu'elle lui confiait souffrir de crises d'angoisse depuis le début de leur liaison. « Que chacun de nous porte sa croix, lui avait-il répondu. Ne pas pouvoir partager nos tourments avec nos conjoints est notre juste châtiment. »

La jeune femme avait jugé ces propos stupéfiants de la part d'un homme si prompt à prendre des libertés avec la morale. Elle n'avait pas pu s'empêcher de le railler, oubliant qu'il avait déjà vécu plusieurs séparations douloureuses dans sa vie.

« Tu ne te doutes pas à quel point je suis conservateur au fond », lui avait dit Paul un jour, mais la jeune femme s'obstine à le voir tel qu'elle le connaît, soumis à ses désirs, capable de tout quitter sur une impulsion, sans envisager qu'il puisse être tiraillé par des contradictions.

Les vitraux diffusent une douce lumière, pense Ema. Vus de l'intérieur, ils se révèlent être des morceaux de couleur grossièrement taillés et encastrés dans une sorte de mastic, comme ces cailloux en verre poli qu'elle ramassait enfant sur la plage.

À la sortie de l'adolescence, elle avait traversé une

crise existentielle. L'idée d'entrer dans les ordres l'avait titillée un peu, comme une réponse à son caractère entier, l'envie d'un engagement qui la mobilisât complètement. Puis la représentation d'un quotidien dans une communauté, des repas pris ensemble dans un foyer austère l'en avait vite dissuadée.

— Est-ce que tu crois vraiment en Dieu ? avait-elle demandé un jour à sa mère.

— Certaines fois, avec ton père, quand je suis dans ses bras, les émotions sont si fortes que je pense que tout ça ne peut pas mourir, lui avait-elle confié en guise de réponse.

Ema avait eu un rire nerveux et ironisé intérieurement sur la naïveté de sa mère.

— Pardon, lui dit juste Paul alors qu'ils débouchent dehors un peu plus tard par la porte extérieure.

L'expression d'un sentiment de panique, qu'elle lit dans les yeux de son amant, trouble la jeune femme, dissipant instantanément ses rêves d'union.

« De quoi s'excuse-t-il ? » s'interroge Ema, doutant que cette demande d'absolution concerne seulement sa maladresse de ce soir.

Derrière eux, le « clic » sonore du panneau à ressort indique que la porte en fer se referme, les plaçant hors du ventre protecteur de la chapelle et les laissant tous les deux un peu démunis dans la lumière du soir.

Le conseil des prud'hommes

Le conseil des prud'hommes est un bâtiment mêlant une ossature moderne en acier et des panneaux en verre et en béton ciré, posés alternativement sur les murs extérieurs. Une plaque en marbre orne la façade principale, avec le nom de l'institution gravé en lettres dorées, dans une composition très traditionnelle, pour mieux en souligner la pérennité.

Un imposant parvis s'étend devant et se prolonge à l'arrière vers des parkings visiteurs, dont les entrées et les sorties communiquent de manière labyrinthique avec les résidences environnantes.

À l'intérieur, le grand hall, sous un plafond cathédrale, est traversé par un couloir déambulatoire, espace privilégié de socialisation, autour duquel se greffent des alcôves, banquettes en arc de cercle, ménagées pour les conversations privées entre clients et avocats, ou pour de simples échanges entre institutionnels.

À la périphérie du hall, au détour de tronçons de couloirs plongés dans la pénombre, se trouvent les salles d'audience et, à l'étage, les salles de formation ou de réunion.

Travailler au même endroit que son amant apporte au moins à Ema l'assurance de le retrouver régulièrement. Mais elle s'inquiète de se sentir de plus en plus en situation de demande. Si Paul, par exemple, se fait remplacer à une séance, elle ne peut éviter de s'interroger. Où est-il ? Une obligation familiale l'a-t-il retenu ? Son esprit se met à vagabonder, l'empêche d'être tout à fait elle-même, dans son rôle de conseillère et dans ses relations avec les autres.

Au début de leur relation, elle s'était dit que c'était une chance pour eux de travailler au même endroit. Leurs activités prud'homales leur ouvraient un terrain vierge sur lequel ils pouvaient évoluer sans leurs conjoints et qui répondait en outre à une partie importante de leurs aspirations personnelles.

Le siège de l'institution offrait de multiples possibilités d'être ensemble, que ce soit avant ou après les audiences, lors des trajets pour s'y rendre, pendant des temps de formation ou des séances de travail préparatoire. Ainsi, lorsqu'ils n'étaient pas en compagnie d'autres collègues, ils aimaient se retrouver dans les salles de réunion mises à disposition des conseillers, où ils s'installaient souvent, côte à côte, pour rédiger leurs rapports.

La connivence intellectuelle qui les avait tout de suite rapprochés pouvait se traduire concrètement dans l'exercice de leur mandat. Bien qu'issus de collèges différents, leur forte implication et leur évidente complicité leur avaient valu d'être surnommés « les associés » par leurs collègues.

Cette double reconnaissance de leur couple et, au-delà, d'une collaboration intellectuelle revêtait beaucoup d'importance pour Ema. Elle aurait jugé disqualifiant, voire dégradant de n'être liée à un homme que par de simples jeux adultérins.

Le souvenir d'une discussion, pendant ces premiers temps, avait particulièrement marqué Ema. Ils étaient quelques collègues des deux collèges, salariés et employeurs, à s'être assis dans le grand hall sur les banquettes en arc de cercle sous le plafond cathédrale.

Autour d'eux les couloirs étroits et bas de plafond du rez-de-chaussée entretenaient par leur semi-obscurité un sentiment de crainte et l'idée peut-être que la justice reste un mystère. Paul et elle venaient de s'avouer leurs sentiments quelques jours auparavant et ils jouissaient encore du plaisir de dissimuler leur secret aux autres.

Un des conseillers représentant les employeurs avait

expliqué sur un ton docte qu'à notre époque il ne fallait rien attendre du travail et surtout aucune satisfaction personnelle. À la manière dont cette personne, qui appartenait au même collège que Paul, s'acharnait à démontrer cette bêtise, Ema avait cru percevoir chez lui de la souffrance. D'une voix mal assurée, elle avait glissé quelques réflexions sur sa propre façon de voir les choses. Comment le système en place, pour gagner en flexibilité et en employabilité, avait contraint tous les salariés à se détacher du travail et des satisfactions que celui-ci pouvait au contraire apporter, et comment il fallait se révolter contre cette offensive libérale.

Du côté opposé de la banquette, Paul l'avait regardée attentivement, de cet air tranquille et bienveillant qui tranchait avec l'émotivité de la jeune femme, s'était raclé la gorge avant de s'exprimer avec autorité, dénonçant le cynisme ambiant et ces politiques de management par la terreur, qui sacrifiaient les employés sur l'autel de la productivité. Pendant qu'il parlait, quelque chose avait vibré profondément en Ema, la surprise de découvrir combien ce genre d'appui lui avait cruellement manqué et l'émerveillement de voir cet homme, assis en face d'elle, répondre si parfaitement à cette attente.

Aujourd'hui, au conseil, Ema a l'impression d'étouffer. Les lieux l'oppressent, elle s'y sent de plus en plus prisonnière. Lasse, elle aimerait entraîner son amant ailleurs, vers de nouveaux espaces moins contraints.

Paul, au contraire, semble s'y sentir de plus en plus à l'aise. Il ne manque jamais de lui rappeler combien le fait d'avoir trouvé une maîtresse aussi intelligente qu'elle pour agir à ses côtés a transformé sa vie, faisant de ce travail, dit-il, une partie de plaisir.

Qu'il puisse continuer à s'épanouir au conseil, malgré leur manque d'intimité et les frustrations, humilie Ema et la consterne. Jusqu'à ce que le souvenir de l'expression de panique de Paul dans la chapelle finisse par lui ouvrir les yeux sur ce qui convient à son amant : des lieux où leur relation ne s'approfondira jamais, où il peut tout à loisir, rencontre après rencontre, forger un peu plus sa carapace.

Leur relation stagnant, les tensions entre les deux amants s'intensifient. Ema oublie parfois sa prudence et Paul ne manque pas de lui en faire aussitôt le reproche, comme on s'adresse à un enfant qui se comporte mal.

À l'instar de cette fin d'après-midi, où, après une séance, Paul reçoit un appel l'informant de l'hospitalisation d'un ami et qui l'oblige à partir sur-le-champ. La jeune femme propose de le raccompagner jusqu'à sa voiture, garée sur le parking visiteurs. Une fois sur place, elle se sent tellement frustrée de ce brusque départ qu'elle l'attire contre elle et l'embrasse longuement.

— Je pensais que tu étais quelqu'un de raisonnable, dit Paul, en reculant un peu.

Puis, avant de monter dans la voiture :

— Puisque je ne le suis pas moi-même, il va falloir qu'on fasse très attention.

Quand Paul avait démarré, elle s'était rendu compte que juste derrière la rangée de voitures se trouvait une voie de circulation depuis laquelle n'importe quel membre du personnel du tribunal aurait pu les surprendre.

C'est le lendemain, surtout, qu'elle avait ressenti le contre-choc, bouleversée à l'idée des commentaires grivois qui auraient pu circuler sur eux. À la honte de s'être laissé emporter avait succédé un sentiment d'indignation. « Je n'y suis pour rien si Paul ne sait pas gérer une relation amoureuse », s'était-elle exclamée pour elle-même.

Ema comprenait le besoin de contrôle et de sécurité de son amant, mais elle enrageait de son perpétuel rappel des limites, comme s'il était finalement plus préoccupé d'éviter les débordements que de vivre ce qu'il avait à vivre avec elle.

Si Paul se place en dehors du temps, Ema en a, elle, une conscience aiguë. Plus il passe, plus il menace de banaliser le changement qui s'est produit dans leurs vies.

« Même si tu me quittais, je resterais ton ami, en espérant qu'un jour tu changes d'avis », lui avait-il confié. Cette déclaration avait un peu effrayé la jeune femme. Elle avait compris que si c'était elle qui décidait de s'éloigner de Paul, il lui reviendrait aussi de maintenir la distance, car lui se tiendrait toujours prêt, à l'affût, à l'image de ces crocodiles, bâtons de bois se fondant dans le paysage des marais, qui endorment la vigilance de leurs proies par une immobilité éternelle.

Ema se représente leur rencontre – cette folie qu'elle a mise dans leurs vies – comme un mouvement circulaire, une forme de cyclone avec en son centre un œil qui lui dit d'avancer, de ne pas laisser passer sa chance, de vivre son désir à plein.

Sur le principe, Paul ne serait pas contre un lieu, un appartement qu'ils loueraient par exemple pour pouvoir s'y rencontrer. Mais la manière dont ils envisagent d'y vivre leur passion diverge un peu. Paul entend un lieu pour « contenir » le désir, à l'abri des regards, le temps de leur idylle, tandis qu'Ema souhaite au contraire qu'il permette à leur sensibilité de se libérer. Un tel endroit pourrait donner à leur relation une vérité qu'elle n'a pas encore.

Quoi qu'il en soit, même si l'homme parle de louer quelque chose, il n'entame aucune démarche. Une indécision qu'Ema met sur le compte de la désinvolture de son amant. Elle ne mesure pas bien encore le désordre émotionnel de Paul, tiraillé entre des forces contradictoires qui finissent par le paralyser.

La programmation d'une fête pour le centenaire du conseil vient encore compliquer la vie des deux amants, réduisant un peu plus l'espace dont ils disposaient.

Pendant plusieurs semaines, avocats et conseillers participent aux préparatifs, multiplient les réunions, et rendent tout moment d'intimité impossible. La tension s'accroît encore entre eux.

Les cérémonies du centenaire se clôturent enfin un soir par un grand rassemblement sur l'imposant parvis du conseil. Des dizaines de personnes sont présentes, buvant et se restaurant autour de barnums, dont la femme de Paul et le mari et le fils d'Ema. Ce jour marque également le terme du mandat de conseiller de l'homme, de plus en plus accaparé par son métier et hésitant de ce fait à se représenter. L'idée de la fin imminente de leur collaboration, sans savoir par quoi elle va pouvoir être remplacée, est tout simplement inacceptable pour la jeune femme. Cela entaché du fait qu'ils vont passer leurs derniers moments au conseil en présence de leurs familles respectives.

Un journaliste venu couvrir l'événement et prendre quelques clichés a l'idée de rapprocher Paul et Ema, afin de mettre pour une fois sur le devant de la scène des représentants des deux collèges, salariés et employeurs. Les amants se placent de part et d'autre du fronton du conseil, dans une symétrie parfaite, et le journaliste appuie sur le déclencheur. «Au moins, nos mérites dans cette institution sont reconnus à égalité», pense la jeune femme avec dépit.

Depuis le début de la soirée, Paul papillonne à droite et à gauche, serrant des mains et ne sollicitant Ema que pour lui poser des questions d'ordre organisationnel, jusqu'à la plus grossière, formulée sans honte : «Mais a-t-on prévu des sacs-poubelle ?»

«N'ayons pas l'air trop proches», semble dire son sourire un peu crispé, si la jeune femme tente de s'adresser à lui de manière plus personnelle.

«Faire attention, toujours faire attention», murmure Ema pour elle-même.

Au fur et à mesure que croissent ses sentiments, augmente chez Ema le besoin de former avec Paul un couple dont les autres seraient témoins. Elle aimerait être enveloppée en permanence par sa présence. Son amant ne lui semble pas éprouver le même désir. La révoltante distance dont il fait preuve avec elle ce jour-là la fait se sentir incomprise et rejetée.

Autour d'elle, ses collègues, occupés à servir sandwichs et boissons, ne soupçonnent cependant rien de sa détresse, qu'elle s'efforce de masquer le mieux possible. En raison de la présence des conjoints, Ema ne peut se permettre d'aller dire le fond de sa pensée à Paul et la colère commence à l'envahir. Impossible que l'homme intelligent qu'il est ignore son dilemme.

L'expression de sa souffrance, Ema ne manque pas de la retrouver le lendemain sur la photo publiée dans le journal local. Elle se voit, fixant l'objectif avec un large sourire, bouche entrouverte, presque un éclat de rire, euphorie que dément cependant l'expression de son corps. Le pantalon fuseau et le pull-over moulant, le sac en bandoulière entre ses deux seins lui font une silhouette dynamique, mais que la fatigue a contribué à amincir. De sa main droite, elle cherche à saisir son bras gauche, et le geste, à hauteur du ventre, figure un mouvement de protection ou le désir de retenir quelque chose.

Après la séance photo, l'homme continue à déambuler à l'aise, sa chemise en flanelle sur un jean et une veste déboutonnée un peu trop ample qui cache mal qu'il a récemment perdu du poids. Ema regrette que la différence d'avec son mari, qu'elle appelle parfois « mon chat maigre » pour s'amuser à souligner une étrangeté, tracer une démarcation avec son amant, tende maintenant à s'estomper.

Lorsqu'il discute avec des gens, ses mains sont grandes ouvertes, bras le long du corps, mais elle sent dans cette ouverture un faux relâchement, l'envie de saisir quelque chose.

Ema remarque qu'il s'attarde surtout avec certains membres éminents du conseil et, pour la première fois, se demande si sa grande implication, qu'elle avait jugée altruiste, ne cache pas des appétits plus carriéristes.

« La réussite de la soirée a dû lui donner des idées, se dit-elle, il réfléchit déjà à comment exploiter ce succès. » Et elle commence à le soupçonner de chercher de futurs alliés pour un projet sur lequel il ne la consultera probablement pas.

Cette idée la bouleverse et ouvre la porte à tous les doutes. Peut-être son amant l'utilise-t-il depuis le début, prenant appui sur leur proximité pour servir son ambition. Les femmes sont-elles toujours les perdantes dans ce genre de situation ? La dépendance amoureuse est-elle une arme employée, même inconsciemment, par les hommes pour garder leur partenaire sous contrôle ? Elle ne sait pas.

Un peu plus loin, servant du jus de fruits aux enfants, Ema remarque une femme célibataire, déjà pleine d'admiration pour le charisme de Paul. Ce soir-là, il lui semble si sûr que son amant va lui échapper qu'elle se persuade que ce sera sa prochaine maîtresse.

La foule s'est maintenant divisée en deux grands groupes, sous la lumière du soir qui tombe de part et d'autre de la façade et sa haute porte en verre teinté. Derrière celle-ci, l'intérieur du conseil forme une zone d'ombre.

Adossés contre un mur, un cercle de jeunes sont assis sur le sol. Parmi eux, la silhouette du fils d'Ema, dos rond, corps coupé en deux, les yeux souvent fixés sur sa mère comme s'il devinait quelque chose.

Un peu plus loin, les conjoints des deux amants se sont rejoints et commencent à discuter. Paul, témoin de la scène, s'est aussitôt rapproché et a alerté Ema d'un regard. « Tu as bien géré », lui avait-il dit, reconnaissant, la seule fois où elle avait parlé à sa femme, et ce compliment sur ses compétences en dissimulation l'avait bêtement satisfaite. Mais plutôt que d'un homme qui « gère » bien, ce soir, elle aurait envie, pour une fois, d'un homme mû comme elle par l'urgence, d'un homme qui renverse la table.

Pourquoi ne fait-il rien ? Pourquoi n'organise-t-il jamais une soirée pour eux deux ? Comment peut-elle supporter l'humiliation d'être la seule à en vouloir plus, à mendier un peu d'intimité ?

L'air inquiet, Paul voit arriver vers leur groupe sa maîtresse un peu tremblante, rabattant nerveusement une de ses mèches de cheveux derrière son oreille. Et l'espace d'un instant, là, devant tout le monde, Ema a envie de continuer sa route, droit vers lui, jusque dans ses bras, et, en un geste, pour le punir de son immobilité, de foutre en l'air toutes les barrières qu'ils se sont évertués à installer depuis le début de leur liaison.

L'habitacle de la voiture de Paul, sur le côté de la maison d'Ema, au moment de se quitter

« Je partais papillonner à droite et à gauche d'autant plus tranquillement que je jouissais de ta présence à quelques mètres de moi », se justifie Paul le lendemain, s'excusant de ne pas avoir perçu son désarroi, tant il la pensait, comme lui, occupée à profiter de la réussite de leur soirée.

La jeune femme se souvient d'un sermon de son amant, un jour qu'il avait assisté à un échange un peu vif entre elle et un conseiller du collège des employeurs. « Tu ne te protèges pas assez, petite biche, ton jeu à toi est trop lisible et tu ne fais que t'offrir en sacrifice à des personnes malhonnêtes. »

Rétrospectivement, cette phrase trouble Ema. Paul ne profite-t-il pas lui aussi de son intégrité ? Est-il sincère avec elle ou s'arrange-t-il simplement avec les mots ? Ses idées romanesques ne la rendent-elles pas particulièrement vulnérable ?

Ces doutes ajoutent à l'état de confusion dans lequel elle se trouve. Elle finit par se convaincre que la seule manière de faire évoluer sa relation avec son amant est de le contraindre à sortir de sa zone de confort, quitte à transgresser les espaces qu'ils s'étaient donnés comme interdits.

La première occasion se présente quand Paul, quelques jours plus tard, la ramène chez elle, après une audience.

Lorsqu'elle rentre avec son amant, celui-ci a coutume de s'arrêter par précaution un peu plus bas que chez elle, le long du trottoir de la route principale. Ces soirs-là, ils restent toujours un moment, moteur en marche, à échanger des propos que rendent confus l'imminence de la séparation et la crainte d'être surpris dans une immobilité suspecte par quelques connaissances du quartier.

«Je t'appelle demain», dit souvent Paul à Ema, en guise d'adieu, incapable de se projeter déjà dans leur prochain rendez-vous, un peu comme on dit «ne quittez pas» quand on vous met en attente sur une autre ligne.

Mais une fête doit être organisée dans une des maisons du lotissement, ce qui est rare en semaine, et les voitures sont venues se garer jusqu'en haut de la rue, obligeant Paul à stationner pour la première fois à l'angle que fait la rue d'Ema avec la route principale.

De là où ils sont, la jeune femme peut voir le côté ouest de sa maison. Un grand mur en crépi gris clair, au milieu duquel grimpe sur un treillage un simple pied de chèvrefeuille. Le pavillon est mitoyen des deux côtés, séparé des voisins par deux haies de lilas.

L'intérieur est plus spacieux et fonctionnel que la façade ne le laisse présager. Pour en prendre la vraie mesure, il faut traverser la maison jusqu'au carré de jardin arboré, sur lequel donnent les fenêtres des deux chambres, l'ouverture en verre dépoli de la salle de bains, la baie coulissante du coin cuisine et la porte vitrée de la salle à manger.

Le mur qu'aperçoit Ema depuis la voiture de Paul est celui du garage, la porte d'entrée, elle, demeure hors de son champ de vision, cachée dans un renfoncement. Au-dessus, un seul étage et une petite pièce qui remplit la double fonction de buanderie et de salle de sport.

Au printemps, les haies de lilas sont en expansion des deux côtés du pavillon, s'étalant sur tout le bas jusqu'à cacher une partie de l'entrée. Ne surnage alors que l'ouverture du haut, permettant à Paul de savoir, selon que le velux est fermé ou basculé, si la jeune femme est revenue de week-end ou de vacances.

Les yeux tournés vers sa maison, Ema essaie de se représenter ce qui s'y passe, d'imaginer son conjoint et leur fils. Elle n'y parvient cependant pas. Légèrement grisée, elle est tellement concentrée sur l'idée de déstabiliser Paul que son esprit glisse sur cette image du mur en crépi, occulte le danger, fait de son foyer et de la voiture de son amant deux entités bien distinctes et inconciliables.

Le ressenti de Paul à la vue du domicile d'Ema est bien différent, tourmenté qu'il est dès qu'il se représente sa vie conjugale, y compris sous ses aspects sexuels.

Cette faiblesse de son amant lui permet d'espérer que la proximité de la maison, vers laquelle il s'apprête à la laisser repartir, et la douleur de la séparation lui feront suffisamment violence pour intensifier leurs échanges, l'incitant à lâcher complètement prise, à prendre, peut-être, quelques dispositions radicales concernant leur relation, ou à lui murmurer les mots que se disent les amants quand ils se mettent à nu.

Comme cette simple question – « Et maintenant, qu'allons-nous décider, vivre cette inclination ou pas ? » – que Paul lui avait posée, d'une voix basse et tourmentée, après qu'ils se furent avoué leurs sentiments. La demande qu'elle semblait contenir et surtout ce qu'elle suggérait avait complètement retourné Ema et lui avait alors fait mesurer son inexpérience des relations clandestines et le chemin qu'il lui faudrait parcourir. Depuis, elle avait cherché en vain à vibrer aussi intensément, rêvant que ces moments d'émotion du début puissent se répéter à l'infini.

Le temps étant compté, la jeune femme décide d'amener sans ménagement la conversation sur le terrain du sexe, relatant à Paul le mouvement d'humeur de son mari, alors qu'elle se dérobait un peu brusquement à ses caresses.

— Est-ce que tu ne pourrais pas limiter les rapports intimes avec lui ? lui demande l'homme, baissant la voix, un peu honteux, faisant fi de sa règle numéro un : « Pour que rien ne transpire, tout doit continuer comme avant ».

Mais, cette recommandation une fois faite, Paul a déjà l'esprit ailleurs, main posée sur le levier de vitesse, corps en tension, sourire un peu figé, prêt sans doute à rallumer son portable, qu'elle l'avait prié d'éteindre, pour checker ses messages avant de rentrer chez lui.

Ema est désespérée. Il ne peut y avoir ni sens ni progression dans leur histoire, se dit-elle, et elle se voit condamnée, comme dans le film *Un jour sans fin*, à être prise puis redéposée indéfiniment à l'endroit précis où l'homme espère bientôt la retrouver.

Si elle s'était jusqu'à maintenant tenue, par prudence, à distance du lieu d'habitation de Paul, en voyant ce soir se défiler une fois de plus son amant, elle pense qu'il ne lui reste plus d'autre choix que d'aller le mettre en danger sur son propre terrain.

La maison de Paul

La maison de Paul, comme celle d'Ema, est située dans un lotissement mais d'une commune voisine. Elle a été construite quelques années avant. La jeune femme l'a déjà vue, mais elle n'y est jamais entrée.

La zone pavillonnaire où il réside a été bâtie vers la fin de la décennie 70, en lieu et place d'un site industriel en faillite qui employait un personnel nombreux et dont l'évocation réveille encore chez les habitants de la ville la nostalgie d'un temps révolu, ainsi qu'une acrimonie persistante envers les actuels occupants. Dans le secteur de Paul, les maisons sont plus cossues que là où habite Ema. À quoi cela tient-il ? Presque à rien : une mezzanine, un plafond cathédrale, une chambre supplémentaire peut-être.

La maison de Paul est une construction à deux étages, assortie d'un garage qui a perdu sa fonction première pour devenir un lieu de stockage. La voiture de l'homme reste donc à l'extérieur, sur une bande de terrain surmontée d'un auvent, collée au flanc droit du pavillon, l'avant pointant hors de ses limites. La tache noire que fait le nez du véhicule qu'elle aperçoit de loin renseigne Ema sur la présence de son amant. Lorsque l'emplacement est vide, la maison devient une construction en creux, une zone non sexuée, un territoire délaissé ne la retenant plus, mais dont la nudité, si elle ignore où se trouve Paul, lui renvoie quelquefois en écho l'idée d'un abandon.

La porte d'entrée est placée sur la gauche de la façade au revêtement beige clair. Une seule grande fenêtre, sur la droite de la maison, de forme rectangulaire et revêtue d'un vitrail, donne à l'ensemble une touche artistique que n'a pas le pavillon d'Ema avec ses murs gris recouverts d'un simple crépi. L'absence de larges baies vitrées des habitations plus récentes et haut de gamme la classe cependant parmi les maisons de standing intermédiaire.

Le toit principal, très pentu, forme une avancée soutenue par trois colonnes. On y a percé une fenêtre et deux velux – les chambres des jumelles – ainsi qu'une sortie d'aération peu banale, petite et de forme pyramidale, évoquant un périscope de surveillance.

Au premier, les trois fenêtres sont identiques. Juste en dessous, un perron, surélevé par quelques marches, une porte au lourd fermoir et devant, au bout d'une petite allée courant entre deux carrés d'herbe, le luxe d'une boîte aux lettres individuelle en métal vert, posée sur un piquet.

L'extérieur du pavillon de Paul laisse peu de prise sur l'intimité de l'homme. Sur toutes les ouvertures de la façade, un voilage blanc cassé est tiré, un de ces tissus épais qui, sans occulter complètement l'intérieur, empêchent de discerner les meubles et les silhouettes.

Les rares détails laissant entrevoir l'univers familial de son amant attirent irrésistiblement Ema autant qu'ils la mettent mal à l'aise. Les velux des chambres des filles, par exemple, sont souvent ouverts pendant la journée, dévoilant un morceau de drap ou de boutis qui pend vers l'extérieur. La vue des couleurs provençales ramène la jeune femme vers son enfance, le souvenir d'un landau et de la courtepointe qu'elle utilisait pour en recouvrir sa poupée.

Sur le côté de la maison, en se penchant par-dessus un portail télécommandé coulissant, il est également possible d'apercevoir un bout du jardin du couple, un peu laissé à l'abandon, et la pelouse que Paul remplacera plus tard par du pavement.

Du mur du jardin dépassent une palissade en plastique vert, un panneau de basket, quelques briques d'un barbecue construit en dur, pour les dimanches après-midi passés avec leurs voisins d'en face. Une complicité dont Paul aime à se vanter auprès d'Ema, ainsi que de leur organisation performante, les maisons qu'ils surveillent à tour de rôle pendant les vacances, les menus travaux réalisés en commun. Ce fameux quotidien rempli d'obligations qu'il utilise abusivement pour décommander leurs rendez-vous à la dernière minute, comme si toutes ces choses avaient été inventées par l'homme pour la tenir à distance.

Depuis que les jumelles sont entrées au collège, il est devenu de plus en plus hasardeux de fréquenter les alentours du pavillon en journée. Leurs horaires sont irréguliers et leurs allées et venues doivent s'être multipliées.

Lorsqu'il arrive à Ema de s'approcher de la maison pour déposer des documents de travail dans la boîte aux lettres, le pavillon semble plongé dans un silence fantomatique. Il paraît alors s'effacer, masquer ses aspérités, ses défauts, pour mieux révéler l'incongruité de la jeune femme dans ces lieux.

D'autres fois, la maison manifeste son hostilité directement, en lui résistant, à l'image de la boîte aux lettres et son hallucinant joint brosse d'étanchéité bloquant les papiers qu'elle s'efforce d'y introduire.

La jeune femme est très excitée à l'idée de sonner à la porte à l'improviste, comme toute personne s'apprêtant à pénétrer pour la première fois dans un endroit dont elle s'est longtemps demandé à quoi il pouvait bien ressembler. Elle espère que Paul sera seul.

Ema a surtout l'intention de déstabiliser l'homme pour le forcer à changer, mais elle cherche aussi à saisir un instantané d'une vie qui se déroule sans elle, pour mieux connaître son propre désir.

Quelques secondes après le coup de sonnette, Paul vient ouvrir avec la fermeté de quelqu'un qui s'apprête à décourager un prospecteur. Son corps se détache dans l'encadrement de la porte, tandis que derrière lui un bruit de fond, peut-être un aspirateur, trahit la présence d'une autre personne.

L'homme est pour une fois mal rasé, et porte un tee-shirt débraillé et un jean troué, une tenue pour traîner à la maison.

— Mais entre, dit-il en lui ouvrant grand la porte, désamorçant d'emblée par cette franche invitation la détermination d'Ema à abattre toutes les barrières.

La jeune femme est surprise de cette réaction et ne réalise pas tout de suite que le désir de contrôle de Paul l'amène toujours à avoir un coup d'avance sur elle. Comme s'il jugeait préférable, dans cette situation, de baisser la garde plutôt que de se protéger et risquer de perdre la partie.

Contrairement à la maison d'Ema, le pavillon dispose d'une entrée à moitié mangée par un grand escalier métallique droit et habillée au fond d'un miroir qui dédouble la silhouette de l'homme, renforçant l'idée d'un passage étroit où il convient de montrer patte blanche.

Le rez-de-chaussée est composé d'un salon-salle à manger et d'une pièce attenante dont l'entrée est située à côté du miroir et d'où parviennent les bruits de la femme de ménage.

Cette pièce, utilisée d'abord comme bureau avec un poste informatique, fait depuis toujours l'objet de discussions entre Paul et sa femme, celle-ci souhaitant l'aménager en atelier pour y peindre. Paul a du mal à trancher la question. « Pourquoi ne pas la garder pour nos rencontres ? » dira-t-il un jour à sa maîtresse, plaisanterie un peu lâche et pourtant révélatrice, comme si le besoin d'un espace leur appartenant le titillait lui aussi, sans qu'il se résolve pour autant à prendre des dispositions en ce sens.

La pièce à vivre du bas est en forme de L, le salon-salle à manger occupe toute la longueur de la maison et est prolongé sur la gauche par une cuisine aménagée. Entre les deux un muret fait office de séparation, encombré d'objets de cuisine et de la cage à souris des jumelles. Par les fenêtres donnant sur l'arrière de la maison, on aperçoit le jardin de petite taille. Un cèdre a été étêté pour limiter la prise au vent et on trouve, remisée dans un coin, la bouche d'évacuation d'un vieux climatiseur.

Au premier, un palier donne accès à la suite parentale et à une mezzanine tenant lieu d'espace de détente pour les filles, avec consoles et jeux de société. Au second étage se trouvent les chambres des filles et un grenier.

Le salon-salle à manger, cœur du foyer de l'homme, ressemble à une scène vide. Moins vaste qu'Ema se l'imaginait, il est encombré de meubles de cuisine, une hotte et des plaques à induction, à moitié sortis des cartons. Au-dessus d'une cheminée moderne sont accrochés des tableaux contemporains aux teintes rouges, aux formes géométriques abstraites, choisis peut-être pour leur couleur, qui s'harmonise avec celle du canapé et des fauteuils en cuir. L'acier de la hotte répond à l'aluminium de la cheminée. La pièce manque de chaleur, il se dégage de l'ensemble l'impression de quelque chose de figé, à l'image d'un membre paralysé que l'on ne pourrait plus utiliser.

Ema y lit l'absence de Paul, dont les déplacements professionnels peuvent l'amener à rester plusieurs jours consécutifs loin de chez lui.

Si l'homme lui échappe, ce n'est donc pas à cause de son foyer, auquel il consacrerait tout son temps.

L'intérieur de Paul présente finalement assez peu de différences avec celui d'Ema. Qu'espérait donc la jeune femme ? Un plafond cathédrale peut-être, un puits de lumière comme dans les maisons d'architecte, un de ces agencements surprenants, entraperçus ailleurs, que les dimensions extérieures du pavillon ne laissaient pas augurer, mais qu'elle se figurait trouver malgré tout. Le principal élément de différenciation reste la pièce supplémentaire, dont l'homme tarde tant à arrêter la fonction.

« Nous serions allés habiter en Seine-et-Marne », ressassera quelquefois Paul, après leur séparation, singeant les personnes divorcées de leur connaissance, comme si le fait de se déplacer comme eux de quelques kilomètres vers ce département bis autorisait tous les fantasmes.

L'homme l'invite à s'asseoir à la table du séjour, sur laquelle sont posés les plans de ce qui ressemble à une construction d'immeuble, une tasse de café encore fumant et un mug vide. Cette tasse laissée sur la table suggère à Ema que, le matin au moins, la femme de Paul profite d'un moment de calme avec lui, à lire ou à travailler à ses côtés, avant de partir.

« S'il nous était possible de vivre ensemble ce serait déjà plus rose », avait affirmé l'homme un jour. Pourtant, s'était dit Ema, même s'ils décidaient de s'affranchir de leurs contraintes familiales, la course contre le temps de Paul, cette forme de fuite permanente, demeurerait entre eux comme un obstacle. Et elle s'était vue se fondre dans le décor, cantonnée à l'attendre, à nouveau, une fois le besoin de possession de l'homme assouvi, et lui se justifiant à peine de partir vers de nouvelles aventures.

D'un tiroir coulissant laqué noir, Paul extrait un autre mug pour préparer un thé à la jeune femme, avant de venir se rasseoir et de reprendre son travail en cours. Son visage affiche un air de contentement et la présence d'Ema semble le sécuriser, car ses gestes sont plus doux et ralentis qu'à l'ordinaire. Cette réaction rassure la jeune femme sur la sincérité des sentiments de son amant et la surprend aussi comme à chaque fois que Paul tombe un peu la réserve et lui laisse entrevoir la place qu'elle occupe dans sa vie.

D'où elle se tient, son regard bute sur une fenêtre, au-dessus du plan de travail en corian, dans l'angle de la cuisine aménagée. Pour tenter de se figurer leur vie commune, elle imagine la répétition de cette scène domestique qu'ils sont en train de vivre et qui semble contenter Paul. Eux deux, travaillant côte à côte, l'ombre du cèdre, la faible clarté des journées automnales peinant à percer l'ouverture de la fenêtre.

Puis soudain cette image suscite chez elle l'ennui. Ce coin cuisine, ces cloisons des pavillons pour classe moyenne supérieure offrent un confort de vie dont elle disposait déjà chez ses parents et que la profession de son mari a continué à lui procurer. Paul, chez lui, ne lui ouvre au fond rien de neuf. Comme si son amant, choisi pour ses penchants libertins et dont elle espérait qu'il l'aide à transgresser les limites d'un ordinaire conformiste, s'avérait incapable de la faire évoluer ailleurs que dans le même univers petit-bourgeois qu'elle a toujours connu.

« Non, ce n'est pas là que j'ai envie de le rejoindre », pense Ema, et cette révélation lui enseigne quelque chose de nouveau à propos des limites qu'elle aussi doit se fixer dans cette histoire. Elle est restée jusqu'à présent trop souvent obnubilée par celles de Paul, butant sans cesse sur l'obstacle que représentait sa femme.

De s'être formulé cette vérité, elle ressent un décalage avec son amant qui la regarde tendrement, vivant, s'imagine-t-elle, son fantasme d'une Ema à demeure. Cela suscite même chez elle un début de culpabilité à l'idée de nourrir des sentiments différents des siens. Puis le doute revient la tourmenter et elle s'interroge sur Paul qui, après tout, a très bien pu planifier toute cette mise en scène.

— Il n'est pas impossible que ma femme rentre, lui dit-il tranquillement, interrompant ses réflexions.

Éducatrice spécialisée, son secteur d'intervention, lui explique l'homme, se trouve en ce moment dans la commune. Ema panique d'autant plus que, pour une fois, Paul conserve étrangement son calme. L'imprécision des informations qu'il vient de lui donner contribue à rendre la menace d'une confrontation embarrassante avec son épouse encore plus diffuse. Où peut-elle se trouver en ce moment, peut-être dans un quartier tout proche ?

Alors qu'Ema ne sait déjà plus où se mettre, le bruit de l'aspirateur dans la pièce voisine augmente et l'idée de la présence d'une tierce personne se rappelle soudain à eux, vite suivie par la conscience d'interdits dans ce lieu, comme de se toucher ou d'échanger des propos autres qu'impersonnels. C'est pourtant le moment que choisit Paul pour poser sa main sur le genou de la jeune femme.

— Il y a aussi une composante physique forte, tu sais, dans mon attirance pour toi.

Pendant un instant, ils se regardent, également troublés. Paul avec un air gêné, comme s'il était embarrassé par sa virilité et qu'il s'en excusait auprès de sa maîtresse. Puis, la femme de ménage entrant finalement dans la pièce, Ema en profite pour décider de s'éclipser. L'homme la raccompagne jusqu'à la porte et, pour ne pas être entendu, lui murmure à l'oreille :

— Continue à me bousculer, je pense qu'au fond j'en ai besoin.

Le coin derrière la porte d'entrée de la maison d'Ema à 19 h 30

Dans les semaines qui suivent la visite à son amant, la colère d'Ema refait surface. Pour faire réagir Paul, elle décide de le pousser à prendre des risques chez elle, sur son propre territoire.

Celui-ci persiste en effet à ne la rencontrer que dans des espaces assez protégés pour lui, principalement le domicile de la jeune femme. L'intimité trompeuse qu'ils y trouvent la plonge dans un état de confusion, lui fait perdre ses repères. Son rôle de mère et d'épouse lui interdit physiquement et même psychologiquement de s'y livrer entièrement. Avec le recul, elle juge sa tentative de rapprochement avec Paul sous le toit de celui-ci et en présence de la femme de ménage comme de la provocation de sa part.

Sa connaissance de la vie qu'il mène en dehors d'elle s'est bien trop précisée ces derniers temps. Très occupé à jongler avec ses obligations, Paul ne lui épargne pas grand-chose de son emploi du temps. Ses retards sur des chantiers, les problèmes de succession ou les déboires sentimentaux de son ami d'enfance finissent par lui coller à la peau.

« Me prendrait-il pour une concubine, se demande parfois Ema, la plus avisée, celle qui conseille le maître ? »

Une fin d'après-midi, profitant de l'absence de son fils, gardé par sa grand-mère, la jeune femme organise avec Paul et d'autres gens une réunion chez elle, en vue de créer une antenne locale de la Ligue des droits de l'Homme.

Pendant la séance de travail, Paul apparaît vraiment motivé par leur nouveau projet et Ema est sensible aux efforts qu'il semble vouloir faire pour prolonger leur collaboration au-delà de son mandat prud'homal. Les regards intenses qu'ils échangent, la récente invite de son amant à bousculer sa vie encouragent la jeune femme et la confortent dans sa détermination à le retenir après la réunion, bien que le retour de son mari du travail approche.

— J'ai quelque chose à voir avec toi, l'interpelle-t-elle alors que les autres s'en vont, passant outre une des règles de prudence de Paul : « Ne pas déclencher les soupçons par un comportement inhabituel en présence de témoins. »

Celui-ci hésite, surpris par la soudaine proposition d'Ema, avant de finalement rester à sa place. Dès la porte refermée sur le dernier participant, ils s'enlacent dans le coin de l'entrée. Dans un parfait oubli de lui-même, il attire la jeune femme de plus en plus fort contre lui, se laissant pour une fois aller à ses émotions.

Le fait qu'il ait accepté de faire un pas de côté avec elle, la rupture avec le schéma habituel qui les conduit de la table du séjour au coin de la cuisine sont le signe d'un premier dérèglement. Les soupirs de soulagement que Paul laisse échapper en étreignant la jeune femme trahissent son impatience, comme si lui aussi, pour une fois, la rejoignait dans le temps de l'urgence.

L'espace qu'ils ont choisi pour se serrer l'un contre l'autre offre une sécurité trompeuse, même s'ils échappent à la possibilité d'être vus. Il s'agit d'un carré situé derrière la porte d'entrée, mesurant à peine un mètre dix sur un mètre dix, ouvert sur la salle à manger, délimité d'un côté par un placard contenant un seau, des balais, ainsi qu'un compteur électrique, et de l'autre par la cloison du garage. Cet espace constitue une sorte de sas, avant de pénétrer vraiment à l'intérieur du pavillon. Il est entouré de bois : bois massif de la porte, porte-clefs en bois flotté situé sur le mur opposé, panneaux en pin pivotants du placard. Échappent à cette harmonie le carrelage marron clair sur le sol, un abat-jour en perplex et la vitre de la porte d'entrée en forme d'éventail déplié, par laquelle on aperçoit le haut des branches des lilas.

Cet espace entre à peine dans l'inventaire des surfaces de la maison. Il n'est séparé de l'extérieur que par l'épaisseur de la porte d'entrée. Son exiguïté empêche de s'y installer, ne serait-ce que pour enfiler une paire de bottes, de même qu'il serait impoli d'y laisser patienter trop longtemps des invités. Lieu trivial, on y trouve des cache-nez abandonnés sur le sol, de lourds trousseaux de clefs pendant de leur support mural, un sac à pain appuyé négligemment contre le mur.

La sonnerie du téléphone les tire brutalement de l'état d'abandon dans lequel ils se trouvaient. Ema comprend aussitôt qu'il s'agit de son mari, pressé de lui faire le compte-rendu d'un rendez-vous professionnel important.

La jeune femme lit de l'incrédulité dans les yeux de Paul, qui marque un léger mouvement de recul. « Comment est-ce que je peux bien me retrouver là », semble-t-il penser.

— Et maintenant, on fait quoi ? demande la jeune femme, profitant du désarroi de son amant et forçant son avantage.

L'air grave de Paul lui laisse d'abord croire qu'il va prononcer des paroles réfléchies, admettre que leur relation est montée en intensité, qu'elle a passé un seuil. Mais il préfère botter en touche.

Pour éviter que la peur le fasse fuir à nouveau, Ema essaie de lui communiquer son vertige, en l'attirant de plus en plus intimement contre elle. Avec toute la douceur dont elle est capable, elle lui caresse le visage, avec sa main, puis sa joue et ses lèvres.

Abat-jour éteint, leur abandon est facilité par la pénombre dans laquelle est plongé le carré de l'entrée, mais cette atmosphère a l'inconvénient de leur faire perdre la notion du temps, à la différence de la fenêtre de l'entrée, qui avait le mérite de marquer les heures. L'activité extérieure leur parvient de manière fragmentée à travers les branches de la vitre éventail. Si quelqu'un venait à pousser la porte, terrés qu'ils sont tous les deux dans ce renfoncement, ils seraient acculés, sans possibilité de repli.

En rouvrant les yeux, la jeune femme peut discerner les gonds argentés de la porte d'entrée recouverts d'une patine à l'ancienne, l'encoche dans la peinture là où le bouton rond du panneau du placard vient souvent heurter le mur, et, au-dessus de sa tête, le boîtier en plastique noir de la sonnette, qu'il lui semble découvrir pour la première fois.

Les bruits du dehors, le chant assourdi d'un oiseau, le grondement lointain du passage d'un train, pénétrant à peine dans la maison, entretiennent l'illusion d'un temps neuf, encore jamais essayé.

Alors que Paul a toujours maîtrisé leurs horaires, fixant par exemple l'heure à laquelle il est prudent de revenir vers les conjoints respectifs pour ne pas déclencher les soupçons, il semble ce soir-là avoir abandonné cette prérogative et passé la main à la jeune femme, soit par défaillance, soit parce qu'il lui fait confiance pour gérer la question sur son propre terrain.

Bien qu'Ema ait conscience du danger qu'elle court, il y a tant de barrières dans leur relation qu'elle veut au moins en franchir une avec lui, celle du temps. Elle a envie de «voir» ce qu'il y a au-delà. Peut-être que si l'homme lâche et franchit cette limite avec elle, il baissera la garde sur d'autres choses, et tombera définitivement son armure.

De manière romantique, elle se représente cette transgression comme un acte d'émancipation et un moyen d'entrer dans un nouvel espace de confidence et de révélation, comme le couple adultère dans le film de Louis Malle *Les amants*, qui se laisse aller à l'amour au fil d'une nuit.

De plus en plus éprouvée par la répétition de leurs séparations, à la recherche d'une continuité dans sa vie qu'elle avait déjà espéré susciter en entraînant Paul dans la chapelle, Ema met à l'épreuve l'imperméabilité des deux espaces, celui où elle évolue avec son amant et la sphère conjugale, au risque que les deux mondes entrent en collision.

Dans cette configuration, la cloison de la porte reste le seul élément de discontinuité, le dernier rempart entre l'intérieur et l'extérieur.

À 19 h 30, l'agitation du soir devient plus perceptible, la voiture du voisin qui s'avance brusquement dans l'allée afin de reculer dans son emplacement, le roulement des poubelles que l'on traîne à un croisement de rues plus loin vers un local commun, pour le ramassage du lendemain, autant de signes avant-coureurs de l'arrivée du mari d'Ema.

« Est-il conscient que son rival va bientôt rentrer ? » se demande-t-elle, essayant d'évaluer si les résolutions de son amant se fissurent. Si Paul ne partage pas son besoin de continuité, s'accommodant d'une relation en pointillé, elle le sait susceptible d'agir sur un coup de tête. C'est avec cette idée qu'elle joue en ce moment, tout son corps suggérant à son amant : « Si tu m'aimes, emmène-moi et garde-moi. Ne me laisse pas à un autre. »

Paul est-il dépassé par la situation ? Ne met-il en avant son besoin de contrôle que parce qu'il sait qu'il pourrait être faible, trait de caractère insupportable pour un homme qui se veut un leader pour les autres, quelqu'un sur qui l'on doit pouvoir compter ?

— À chaque fois que j'ai entamé ce genre de relation avec quelqu'un, dit-il en se dégageant un peu et en prenant le visage de la jeune femme entre ses mains, cela n'a jamais été sans conséquence, ni pour moi, ni pour mon entourage, ni pour la personne avec qui j'étais.

Puis, doux comme il sait l'être parfois, il murmure à plusieurs reprises « Ma chérie », tout en lui caressant les cheveux. Ema note la tendresse contenue dans sa voix un peu lasse, comme s'il continuait à l'excuser, elle, pour son inexpérience.

Dehors, des bribes de conversation entre deux résidents rentrant du travail leur parviennent plus nettement. La jeune femme, soudain très attentive, n'y reconnaît cependant pas encore la voix de son mari.

Ema est agitée par deux forces contradictoires : une forme de curiosité qui la pousse à savoir jusqu'où peuvent aller deux personnes dans ce genre de relation, comme les enfants qui testent leurs limites, et la nécessité, malgré tout, de conserver une certaine maîtrise.

Elle ne peut s'empêcher d'imaginer la suite, son mari entrant, les cris, les portes qui s'ouvrent et se referment, comme dans un vaudeville ou une comédie de boulevard.

Est-ce vraiment ce qu'elle souhaite ? Faire exploser d'un coup le cadre, mais pour vivre quoi ? La visite dans la maison de Paul est encore très présente à son esprit, le souvenir de sa déception et surtout la révélation que ce n'était pas là qu'elle souhaitait le rejoindre. Cette dernière pensée finit par la faire céder.

— Il faut que tu partes, mon mari va bientôt arriver.

— Oui, bien sûr, dit Paul en rajustant sa veste, je ne sais même pas comment j'ai pu m'attarder autant.

Sur le seuil de l'entrée, l'hésitation qu'il marque encore, avant de finalement la quitter, donne à Ema l'espoir que leur relation a passé un cap et qu'ils ne pourront plus de toute façon la vivre de la même manière désormais.

Lorsque son mari rentre du travail dix minutes après le départ de Paul, le vide n'a pas encore eu le temps de se faire pour l'accueillir et le bruit que fait la porte quand il la pousse, l'appel d'air un peu brusque et joyeux comme si toute la maisonnée se mettait en alerte sous son pas pressé, rencontre ce soir les traces laissées par l'étreinte entre Ema et son amant, le carré de l'entrée lourd de leurs soupirs d'abandon, l'ultime pause avant de rompre leur lien. La superposition de ces deux scènes, à quelque temps d'intervalle, provoque une onde de choc que la jeune femme s'emploie comme elle peut à amortir.

Le chemin vicinal

Il faudra trois longues semaines à Ema après qu'il fut parti de chez elle avant d'avoir des nouvelles de Paul.

Dans un rêve qui revient souvent pendant cette période, elle est perdue au fin fond des lieux de son enfance, dans des appartements de vacances surtout, et cherche à le joindre au téléphone mais n'y arrive pas. Le besoin d'entrer en contact avec lui est si fort qu'elle se réjouit d'avoir son numéro, ultime sésame qui doit lui permettre de passer par-dessus les obstacles que sont l'éloignement géographique et le retour vers son jeune âge. Mais elle ne parvient pas à composer les chiffres sur le cadran, soit qu'elle les oublie au fur et à mesure, soit qu'elle en tape d'autres. Au réveil, elle reste marquée par le sentiment de son impuissance.

«J'errais et je te laissais errer», expliquera Paul, des mois plus tard, lorsqu'ils pourront finalement parler de cette période difficile, lui jugeant son comportement un peu honteux, et Ema conservant le souvenir douloureux d'avoir été renvoyée à sa solitude.

Pendant ce temps d'attente imposé par son amant, la jeune femme passe du doute à l'espérance.

Est-elle allée trop loin avec lui en le poussant dans ses derniers retranchements ? Leur relation se trouve-t-elle maintenant compromise par sa faute ? L'idée de sa responsabilité lui semble d'autant plus intolérable qu'elle est encore très amoureuse de lui.

Elle se rassure en se remémorant d'autres absences assez longues de l'homme, s'autorisant alors diverses projections, dont une très optimiste. Paul s'est retiré pour réfléchir, et, comprenant que pour être viable leur relation doit s'organiser, s'efforce peut-être, en ce moment même, de leur louer un appartement.

Pas très loin de chez Ema passe un sentier aux allures de campagne, qui sinue à l'arrière des maisons et qui lui permet de rejoindre un arrêt d'autobus situé sur la route départementale séparant sa commune de celle de Paul.

La jeune femme aime emprunter cette voie parallèle à la rue toute tracée de son lotissement. C'est une sorte de chemin vicinal, qui débute au-delà des dernières habitations, près d'une serre maraîchère, gérée avec enthousiasme par de jeunes agriculteurs.

Autrefois, au milieu des années 70, le quartier d'Ema fourmillait de ces détours, chaque pâté de maisons était quadrillé par ces sentes, « passages secrets » que devaient emprunter les enfants pendant leurs jeux. Quelqu'un lui avait aussi raconté que les jardins n'étaient alors pas séparés les uns des autres et qu'à l'arrière des pavillons s'étendait un immense terrain commun, que traversaient de part en part des jeunes en mobylette le week-end. Jours libres et heureux des débuts, avant que, pour des raisons de sécurité et de tranquillité, les pavillons se referment sur eux-mêmes, annexant les sentes à leurs propriétés et clôturant leurs terrains.

Cet âge d'or fait rêver Ema, ce temps où il était possible d'emprunter des chemins qui sinuent plutôt que des lignes droites, une époque où les hommes et les femmes n'étaient pas aussi soumis qu'aujourd'hui aux pressions de leurs vies professionnelles, à cette obligation d'être toujours plus productifs qui finit par vous ôter le goût et l'énergie du jeu, et toute disponibilité aux autres.

Est-ce que Paul aurait été plus présent pour elle, en ce temps-là ? Est-ce qu'ils auraient flâné tous les deux sur ce chemin buissonnier ?

Un jour qu'elle sortait du bus, au tout début de sa relation avec Paul, son regard avait été attiré de l'autre côté de la route départementale, vers la commune de son amant, par un passage entre deux immeubles dont l'étroitesse et la présence d'herbes folles à l'entrée permettaient d'espérer y découvrir un nouveau chemin.

Elle s'était aussitôt mis en tête d'explorer cette sente et après cinq cents mètres d'un parcours plutôt monotone entre les murs aveugles de maisons et d'immeubles, le paysage s'était enfin modifié, se révélant plus varié que prévu.

Là, le chemin continuait sous une forme ravinée, longeant sur la droite un talus surmonté d'habitations. C'était l'automne, les feuilles tombaient dans le fossé, s'entassaient en un tapis épais et humide, le rendant sans doute plus difficilement praticable.

Ema avait voulu continuer jusqu'au bout, découvrant l'orée d'un hameau, dont elle avait réalisé avec ravissement qu'il constituait une entrée secondaire du lotissement de Paul et le moyen inédit de se rapprocher très près mais à couvert de la maison de son amant.

Depuis – et particulièrement en cette période de solitude –, Ema, qu'elle doute ou qu'elle reprenne espoir, emprunte très souvent cet itinéraire bis pour se rendre chez Paul.

À mi-chemin du trajet, côté lotissement d'Ema, se trouvent un banc en béton, près d'un mur en partie écroulé, quelques bouteilles vides et une rigole où un filet d'eau sale s'écoule vers une grille. De l'autre côté, le terrain de sport d'un établissement psychiatrique pour enfants et adolescents. Des cercles au sol pour délimiter les aires de jeu. De grands arbres, des platanes, dont le nombre et la taille créent une zone d'obscurité sur cette partie du parc.

Lorsque Ema cède au découragement et que sa maison lui tenant habituellement lieu de refuge ne la contient plus, elle s'attarde parfois dans cet endroit, se laissant bercer par l'idée que Paul pourrait l'y rejoindre.

Il y a dans cette volonté de la jeune femme de rester mentalement proche de Paul, même en son absence, le souci d'entretenir le désir, de ne pas quitter ce temps du bouleversement qu'elle se représente comme un mouvement circulaire. Surtout ne pas sortir de l'œil du cyclone. Un seul pas de côté, et leur chance serait passée.

Dans les nombreux détours que forme le sentier, la notion de temps et d'espace se modifie, offrant à la jeune femme une plongée dans l'imaginaire à la source de ce qu'aurait pu être sa relation avec Paul en d'autres circonstances.

Lorsqu'elle rejoint la partie haute par le bas de la ravine mal entretenue en toute saison, des buissons et des ronces s'enchevêtrant sur les deux côtés du passage, Ema se figure parfois être la dernière à l'emprunter.

Elle se plaît à observer les côtés des maisons qu'elle longe et qui, vues sous cet angle nouveau, livrent des détails invisibles : l'arche d'un vieux portique de jeux rouillé duquel on a retiré les balançoires, l'arrière de la niche d'un chien, un tapis d'épines de pin jonchant une allée donnant à la maison un air de chalet forestier, l'ébauche dans un arbre d'une cabane suspendue.

Bien que banals, ces éléments sont auréolés d'un certain mystère, comme si, en progressant dans la sente, la jeune femme remontait le temps vers une sorte de territoire oublié qu'il lui serait donné à elle seule de redécouvrir.

Une fois arrivée près de la maison de Paul, Ema ne s'en approche pas trop, par prudence, mais aussi parce qu'elle ignore s'il apprécierait d'apprendre qu'elle rôde autour de chez lui. Mais peut-être préférerait-il simplement fermer les yeux sur ces errances, pourvu que la jeune femme se trouve disponible le moment voulu.

L'homme avait été l'un des premiers à acquérir une maison dans son lotissement avec l'argent d'un héritage. En ce temps-là, il était jeune, libre par intermittence, sans enfant, et n'avait pas encore connu le traumatisme des séparations.

Avoir acheté cette maison avait été un repère important, un bien dont il avait su tout de suite qu'il lui resterait dans les mains même si d'autres éléments de sa vie venaient à se déliter.

« Garde un œil sur ma ville en mon absence », se murmurent parfois en souriant les amants quand ils partent l'un ou l'autre en vacances, partageant tous les deux ce besoin très fort de s'ancrer quelque part.

« Si nous nous étions rencontrés il y a vingt-cinq ans, je t'aurais tout de suite proposé d'habiter avec moi », avait déclaré l'homme un jour, innocemment, à la jeune femme qui lui reprochait alors de prendre la situation à la légère, comme si, en transposant leur relation à une époque différente, il espérait lui prouver la sincérité de son engagement.

Il avait évoqué parfois avec elle à mots couverts sa vie de jeune homme assez dissolue, marquée par l'absence d'un père, une motivation flottante et quelques bêtises, puis la reprise d'études et un cap finalement, dont il n'avait pas dévié depuis. Désormais résolument tourné vers l'avenir, désireux de rattraper le temps perdu, Paul feignait d'ignorer l'impact de ses propos sur son passé, la curiosité et l'envie qu'ils suscitaient chez la jeune femme.

Ema était très attentive à ce que Paul lui racontait des endroits qu'il avait jadis fréquentés, le quartier de l'Hôtel de Ville par exemple et les caveaux de jazz où il finissait ses soirées. L'un de ses lieux favoris était un restaurant exotique, situé rue du Faubourg-Saint-Antoine, où il invitait des femmes avec ses premiers salaires. Sa façon d'en parler avec force détails avait particulièrement marqué Ema. L'allure de bordel chinois de l'établissement et son luxe clinquant. La patronne qui accueillait toujours Paul avec un air de connivence. Les glaces accrochées au plafond et sur des pans de murs, reflétant des bouddhas aux formes généreuses. Les plantes vertes foisonnantes. Le bruit de l'eau s'écoulant d'une fontaine à l'étage. La disposition très spéciale des salles. Les couples installés sur des banquettes circulaires, leurs cuisses qui se touchaient et se provoquaient. La serveuse qui glissait d'une table à l'autre, posant devant les clients des mets goûteux, raviolis à la coriandre, lamelles de bœuf aux oignons ou canard laqué.

Ema avait toujours été attirée par les hommes qui aimaient briller et mener grand train. Déjà, enfant, en vacances sur la Côte d'Azur, elle fantasmait sur les propriétaires de bateaux, les habitués des casinos, ceux qui posaient leurs regards sur les femmes belles et sophistiquées. Elle se souvient encore de parfums boisés qui l'ont fait rêver longtemps.

Ce goût du jeu est précisément ce qu'elle se sent capable de redonner à l'homme, de la même manière qu'elle est fière, pendant ses pérégrinations dans le sentier vicinal, de tirer de l'oubli des chemins délaissés, dont Paul lui-même a certainement perdu la connaissance.

Et cette certitude d'être en mesure de rendre son

passé à son amant, en même temps qu'elle lui confère un pouvoir, lui donne aussi la confiance dont elle a besoin pour supporter d'attendre le moment où il se décidera enfin à revenir vers elle.

Le salon de thé du centre commercial

Au bout de trois longues semaines de silence, Paul appelle la jeune femme pour lui donner rendez-vous dans une boulangerie du centre commercial.

Le salon de thé de la boulangerie est un box de quarante-neuf mètres carrés à la décoration rustique, délimité d'un côté par une vitrine de présentation des produits à emporter surmontée d'un comptoir, et de l'autre par la cordonnerie mitoyenne dont l'enseigne rouge et clignotante se reflète sur toutes les surfaces vitrées. Le mur du fond permet d'apercevoir les cuisines de la boulangerie, tandis que l'avant – à l'exception d'une courte paroi en croisillons protégeant quelques tables – est largement ouvert sur les allées du centre. En face, des clients s'agglutinent devant un distributeur d'emballages postaux, activant à l'aide de leur carte bancaire un bras magnétique qui soulève les enveloppes dans les airs avant de les lâcher au-dessus d'un sas.

Malgré les bruits de la galerie commerciale, animations et ventes éclair qui s'invitent par intermittence, une musique d'ambiance et la rumeur d'un manège pour enfants entretiennent dans la boulangerie un ronronnement régulier.

La situation du salon de thé dans une traverse, à quelques mètres d'une des entrées les moins usitées, est de nature à garantir aux amants une discrétion et une tranquillité relatives. La plupart du temps, c'est plutôt Ema qui choisit ce lieu, lorsqu'elle désire un espace neutre, dénué d'émotions parasites, leur permettant à tous les deux de prendre du recul sur leur relation.

Devant eux circulent quelques passants isolés, des familles poussant des caddies, des agents munis de talkies-walkies patrouillant depuis un poste de sécurité. Sur le sol, au milieu d'une mer de marbre bon marché, est balisé l'itinéraire vers le cœur névralgique du centre commercial, situé à quelques tournants de là, un terre-plein recouvert de blocs rectangulaires façon kryptonite, sur la surface desquels sont projetées, pour des clients assis au milieu de cercles de moquette chinée grise délimitant les espaces de repos, des images d'eau qui s'écoule et de bulles effervescentes.

Paul et elle se retrouvent habituellement dans ce salon de thé le matin et y prennent un petit déjeuner. Les tables en bois massif, disposées de manière rectiligne, maintiennent entre les clients une distance limitée mais suffisante pour jouir d'un peu d'intimité. La jeune femme qui prend les commandes est toujours très soignée, apportant une touche de féminité dans un lieu manquant de chaleur et dont l'ambiance assez crue, les lumières non tamisées tombant du faux plafond, se prête mieux à des contacts d'affaires qu'à des rendez-vous galants, un atout pour Paul et Ema qui souhaitent se fondre dans un certain anonymat.

Malgré le brouhaha ambiant, leurs paroles se détachent et les singularisent. Les rumeurs du centre, les discussions des autres les enveloppent et contiennent les amants.

— Comment vas-tu ? demande Paul en s'asseyant, sur un ton d'enthousiasme forcé, soucieux d'effacer promptement les semaines d'absence et de silence de sa part, et perturbant Ema par cette soudaine sollicitude, cette manière un peu artificielle de l'écouter, comme s'il affectait d'ouvrir un créneau dans son emploi du temps chargé, une brèche trop étroite pour que la jeune femme puisse y placer des mots.

Mais la question n'était que rhétorique puisque Paul se remet aussitôt à parler. Il explique à Ema qu'il a beaucoup réfléchi et qu'il assume sa part de responsabilité dans le dérapage qui a eu lieu chez elle, le risque inconsidéré qu'ils ont pris. Son manque de disponibilité, reconnaît l'homme, et le fait de laisser la jeune femme sur sa faim, y compris sexuellement, ne pouvaient conduire qu'à des débordements. C'est pourquoi, conclu-t-il, il a réservé pour une journée un appartement dans une résidence hôtelière, la semaine prochaine.

Paul a rarement parlé aussi longuement de leur relation. Il a l'air heureux de retrouver Ema, soulagé presque. La jeune femme se réjouit qu'il se soit décidé à prendre les choses en main mais regrette qu'il ne soit pas allé au bout du raisonnement en proposant cet espace précaire.

Mise en confiance par l'implication de Paul et désireuse de retrouver l'émotion de leur dernier rendez-vous, elle se risque, en baissant la voix, à lui demander si elle est son «âme sœur».

Autour d'eux, les clients se font rares en ce début de journée, plutôt des habitués: deux membres du personnel encadrant de la grande surface du centre qui s'offrent un dernier café avant l'embauche et le petit ami d'une des serveuses, adossé au comptoir.

Comme souvent, Paul accueille la question de la jeune femme par un «Oui...» d'assentiment et un raclement de gorge, manière de gagner du temps, puis il marque un silence. Ema se prépare, lorsqu'il va lui répondre, à ce qu'il saisisse un objet, morceau de sucre ou couvert, qu'il regardera attentivement, avant de le manipuler délicatement entre ses doigts.

Lors de conversations importantes, l'homme se livre souvent à cette manie, et ses gestes, ainsi que l'effort qu'il produit ensuite pour bien scander ses mots et se faire entendre, entretiennent la jeune femme dans l'idée que leur relation gagne en profondeur, même si Paul finit invariablement par conclure : « C'est toi qui as la maîtrise des mots et pas moi », pour excuser ses réponses qu'il juge piètres, ou pour protéger la part de lui qui restera dans l'ombre.

— Je n'emploierais pas cette expression, répond l'homme. J'ai appris à n'être dépendant de personne, même en amour.

Comme Ema, interloquée, ne le lâche pas du regard, il finit par botter en touche avec un certain agacement.

— Ne me demande pas de répondre de manière plus satisfaisante à cette question, je n'ai pas l'intention d'analyser ce qui se cache au fond de moi, comme la part qu'a jouée mon éducation dans tout ça, je m'y refuse.

Plus tard, la jeune femme essaiera de se remémorer chacun des termes employés par Paul.

Pour l'instant, elle est surtout frappée par le ton assez dur et impersonnel qu'il a adopté pour lui répondre.

Entre les deux amants, la distance très faible qui les sépare semble tout à coup difficilement franchissable, elle leur interdit d'amortir l'affront par un contact physique, un geste qui aurait été possible dans un endroit plus intime, comme une chambre d'hôtel ou l'habitacle de la voiture de l'homme, par exemple.

Ema, qui n'a pas encore déjeuné, sent monter le début d'une crise d'angoisse, malaise auquel elle est sujette de temps à autre. Son champ de vision commence à se brouiller, la silhouette de Paul s'éloigne, tandis que les contours de la boulangerie se resserrent autour d'elle, rendant sa respiration plus laborieuse. Pour se calmer, elle se raccroche à la table, masquant son trouble à son amant afin de ne pas l'inquiéter.

La froideur de l'homme s'est étrangement projetée sur le décor, révélant soudainement tous les éléments industriels et faux. L'escalier, au milieu de la salle, menant à une balustrade, débouchant sur des issues factices. La porte du fond entrouverte sur un couloir nu et obscur permettant de relier un magasin à un autre et aux employés d'y disparaître l'espace d'un instant, absorbés par une cigarette, leur sourire commercial désertant instantanément leur visage. Le blé séché en gerbes, posé sur des arrosoirs en fer, moules en forme d'animaux, presses à raisin, râteaux et autres répliques de matériaux agricoles, couverts de poussière.

Ema avait longtemps pensé s'être aménagé à l'intérieur de cette société uniformisée et violente un cadre vivable, un espace singulier auquel sa rencontre avec Paul avait donné une teinte particulière et qui lui avait permis de reprendre sa respiration. Qu'ils puissent transformer un lieu passe-partout, comme cette boulangerie, en un cadre bienveillant en était bien la preuve.

S'est-elle trompée ? Paul est-il un consommateur comme les autres, se nourrissant des émotions de leur relation ? L'homme est-il vraiment là, à ses côtés, dans le salon de thé ?

Puis les manifestations d'angoisse de la jeune femme s'estompent et le décor commence à reprendre sa place. D'autant que Paul, qui a attaqué le petit déjeuner, s'efforce désormais, en la voyant déstabilisée, de la réconforter avec des paroles assez maladroites mais affectueuses.

« J'aime ta vision des choses » ou « Le regard que tu poses sur le monde m'est indispensable ». Certaines déclarations de son amant, prononcées par le passé sur un ton grave, lui reviennent en mémoire en même temps qu'elle reprend ses esprits.

« Suis-je ton âme sœur ? », des questions aussi engageantes devraient être réservées à des lieux très particuliers, sinon le cadre qui les reçoit ne peut que les dénaturer, se dit Ema, regrettant de s'être laissé piéger par la fausseté du décor. Elle devrait pourtant savoir que la froideur de Paul est rarement une démonstration de force ou de détachement, mais plutôt l'expression d'une fragilité. Une vulnérabilité, qui le pousse aujourd'hui à mentir de manière délibérée pour se protéger et calmer le jeu, la jeune femme en est maintenant persuadée.

Un rayon de lumière ayant réussi à passer par on ne sait où tombe sur leur table, éclairant la scène. Un court instant de grâce qui rappelle à Ema la joie de sentir l'implication de Paul, qui tout à l'heure, en lui parlant de l'hôtel, l'a incitée à se jeter à l'eau.

« Ta capacité à vivre ce genre de relation dans la durée m'étonne positivement », lui avait dit Paul une fois et elle s'était sentie fière de ce pouvoir exorbitant – accepter le secret et parvenir à s'y mouvoir – dont il la dotait.

C'est cette image valorisante qu'Ema veut entretenir auprès de son amant. Elle est bien décidée à lui prouver qu'elle est forte, et prête à poursuivre avec lui une relation au long cours, maintenant qu'il a fait un pas vers elle en l'invitant à le rejoindre dans un lieu nouveau, hors de leur quotidien.

Appart'hôtel

« Appart'hôtel ». Au-dessus d'un bâtiment moderne, un logo gris et bleu affiche le nom de l'établissement fraîchement poussé sur le terrain où se côtoyaient un ancien entrepôt de destockage et un bowling. Petits murs propres en briquettes, colonie de jeunes arbustes au milieu d'un vaste parking, les abords de la résidence hôtelière ressemblent à ces circuits que les écoles installent dans leur cour pour sensibiliser à la sécurité routière.

Le guichet d'accueil, mélange d'inox et de pin blond, en forme de coque de bateau, est grand comme un hall d'immeuble. Un canapé en tissu marron est posé dans un coin. « Parc activités », annonce le slogan de la résidence, sans que l'on sache exactement de quel genre d'activités il est question. L'homme derrière le comptoir est concierge d'un jour. Les draps sont à récupérer dès la veille en échange du paiement.

Ces « arrangements » sont épargnés à Paul. C'est à

Ema qu'il revient d'affronter la première les coulisses. «La vie des femmes est une vie de détails», disait la mère de la jeune femme. Elle est la seule disponible à ce moment-là. La seule, aussi, à se demander si ces espaces sont habitables ou non.

Rangée de boîtes aux lettres sur le côté du hall. Avoir son box comme les autres. Faire l'amour comme un couple légitime, mais dans la lumière du jour.

L'aménagement intérieur de l'appartement est spartiate. La grande pièce fait à la fois office de chambre à coucher et de lieu de vie. Le mobilier est réduit à l'essentiel : quatre chaises, dossiers en bois et assises en tissu vert foncé, une table ronde et blanche assez basse, un téléviseur, un lit de 140 recouvert d'un protège-matelas en coton, orné de deux bandes de motifs champêtres verts et jaunes un peu passés, une étagère en contreplaqué et, au-dessus d'un canapé clic-clac, un tableau panoramique représentant un champ de tournesols. À la droite de l'entrée, un coin cuisine avec un évier, une unique plaque de cuisson, un petit plan de travail, un lave-vaisselle et un frigo, emboîtés au mieux pour former un seul bloc rectangulaire.

Ce cadre convient bien à Ema : une neutralité sèche qui lui permet de s'affranchir de ses liens de mère et d'épouse et de se rendre disponible pour Paul.

La chambre lui donne un instant l'impression de flotter entre terre et mer. La résidence, en retrait des quais, laisse l'eau de la Seine s'écouler de l'autre côté de la rue, à l'abri peut-être de la mélancolie.

Le soleil du milieu d'après-midi baigne l'intérieur adouci par le rideau en tergal qui couvre la large baie vitrée. Sa couleur qui tend vers le jaune diffuse dans la pièce une lumière un peu fumée. En ouvrant la fenêtre, Ema aperçoit l'arrière du bâtiment. Un morceau de pelouse inaccessible. D'autres appartements en vis-à-vis. Les grilles des systèmes d'aération.

La jeune femme est surprise de parvenir à habiter cet entre-temps. Après avoir fait le lit, elle s'assied sur une chaise plutôt que de quitter les lieux.

Dans la pièce mise à la disposition des familles par l'hôpital où était soignée sa mère, en attendant que ses proches la rejoignent, elle se refusait à séjourner seule les après-midi. Le sentiment de vide de son existence dans laquelle elle n'avait encore rien construit allait la rattraper là, profiter de ce lieu creux pour l'atteindre. À l'arrière du bâtiment, une enfilade de fenêtres encerclait le local. Un interstice entre les toits y projetait une lumière blanche, une clarté pâle comme un médicament, dont elle s'imaginait qu'elle pourrait la dissoudre.

Le vide, ici, lui semble au contraire prometteur. Il rappelle à son souvenir d'autres moments d'attente, mais heureux.

L'appartement de sa dernière nourrice, à laquelle sa mère la confiait parfois pour la nuit, ne se situe qu'à quelques pas de là. Ema pense à la fenêtre sur la Seine, petit carré de bois mal isolé, où, les pieds dans le froid, elle collait si souvent le front contre la vitre. L'image figée de la Seine, fleuve lent, industrieux, charriant des marchandises, ses quais peu fréquentés, décevait l'enfant qu'elle était, comme une promesse de mer non tenue. Cette vision pourtant la retenait. Comme si cette immobilité et ce calme avaient le pouvoir de faire surgir quelque chose.

La chambre qu'elle avait occupée à Bruges, après son mariage, pendant une semaine de séminaire, donnait, elle, sur un canal. C'était l'hiver et les eaux étaient gelées. La chambre était taillée sur mesure pour une seule personne, et tendait vers l'unité parfaite. Le lit une place, l'armoire, le petit cabinet de douche. Le bruit de la porte magnétique se refermant en claquant, amplifié par le vide du couloir. Pas de télévision, mais un poste de radio posé sur le chevet. Le petit rideau occultant qu'elle tirait au-dessus du bureau. Jamais elle n'avait si bien habité un espace. Ressentait-elle alors déjà le besoin d'un amant malgré cette perfection ? Comme quelque chose qui vous mord un peu en dedans, un désir lancinant ? Sur la buée de la vitre, elle écrivait des prénoms.

« À compter de demain, tout doit être neuf », se dit Ema. Paul va venir la rejoindre, puis il la prendra dans ses bras. Le sexe leur permettra immédiatement de lâcher prise, de se libérer de leurs émotions trop longtemps contenues. De cette expérience elle attend une révélation.

En partant, elle salue le gardien, gênée qu'il devine facilement pourquoi son amant et elle ont loué l'appartement. Mais celui-ci, occupé à remplir des papiers, n'est qu'indifférence, et la jeune femme, pourtant tranquillisée de passer inaperçue, ne peut s'empêcher de juger cette époque où les employés sont formés à ne se mêler de rien : « Du moment que l'argent rentre dans la caisse... »

Le lendemain matin, Ema est la première sur place, mais Paul ne tarde pas à sonner à la porte. Lorsqu'il la referme derrière lui, le calme du début de journée, le fait d'investir un appartement plutôt qu'une chambre, l'éloignement de chez elle confortent la jeune femme dans l'idée qu'elle a rompu des ponts.

L'homme éteint son portable, s'interdisant de rendre des comptes de manière régulière, acceptant l'idée d'une prise de risque. Ema est troublée par ce geste, comme s'ils basculaient ensemble dans un temps nouveau, un peu inquiétant, sans limite, qui rompt avec l'entre-deux qu'ils connaissaient jusque-là. Derrière le silence, la jeune femme entend presque lui parvenir, mais de manière assourdie, les bruits furieux de ceux qui pourraient les rechercher, qui s'agitent à l'extérieur, désireux de pénétrer cet espace, dans lequel son amant et elle se sont absentés.

La porte refermée, Paul vient prendre la jeune femme dans ses bras. Le couloir de l'entrée est étroit et les oblige à s'appuyer contre le plan de travail du coin kitchenette encastré.

Ema a acheté pour l'occasion une nouvelle robe, assez ajustée, sous laquelle elle n'a rien mis, son amant lui ayant fait part un jour du fantasme de la découvrir nue sous ses vêtements. Paul, abordant toujours la jeune femme avec délicatesse, ne s'en aperçoit pas immédiatement et celle-ci jouit par anticipation du plaisir qu'il aura à le découvrir. Quand il s'en rend compte, leurs souffles à tous les deux sont presque coupés par le trouble. Ema ne s'était jusqu'à présent jamais sentie aussi femme, c'est-à-dire correspondant en tout point à l'image qu'elle se fait de la féminité : participer à un désir mis en scène et entouré d'un parfum de danger. Lorsque la tension monte, comme aujourd'hui, elle a le sentiment que la rondeur enfantine, cette impression de sommeiller un peu qui avait persisté malgré sa grossesse, disparaît soudain.

Leur embrassade se prolonge et Ema pense que le moment tant espéré est arrivé, qu'il n'aura été que retardé par divers obstacles, contraintes de temps et de lieux, que Paul y aspirait lui aussi, malgré certaines appréhensions légitimes.

C'est l'homme qui desserre le premier son étreinte.

— J'ai pris les croissants, dit-il avec enthousiasme, tout en enlevant sa cravate.

Comme il propose de faire un café, Ema ne peut que s'affairer avec lui, et cherche le nécessaire dans les placards.

Cette interruption lui laisse le loisir de regarder plus attentivement l'aménagement du coin cuisine, l'évier, feuille d'aluminium si fine qu'un doigt pourrait la traverser et sa crédence constituée de carreaux de céramique blancs, agrémentés au milieu d'une ligne en relief, couleur vert bouteille.

Tandis qu'ils prennent place autour de la table pour le petit déjeuner, Ema cherche à comprendre avec fébrilité les raisons pour lesquelles Paul retarde le moment de faire l'amour. Peut-être n'est-il pas à l'aise avec les moments d'intimité programmés et a-t-il besoin de prendre son temps et en particulier celui de la désirer, ou bien, au contraire, cherche-t-il à calmer son impatience ?

Contre toute attente, bien calé sur sa chaise, l'homme se met à lui raconter les derniers développements des problèmes de son meilleur ami, avec la même décontraction que dans sa voiture. Ema garde le silence, angoissée à l'idée que le moment qu'elle espérait tant, peut-être une de leurs dernières chances, est en train de passer, désacralisé par l'entrée en matière de Paul. D'abord timidement, puis de manière plus explicite, elle caresse la jambe de son amant pour faire monter la chaleur. Au fil des mots, ils se rapprochent enfin, jusqu'à ce que l'homme l'invite à aller sur le lit.

Paul enlève sa veste, dont il se défait sur le dos d'une chaise. Il est habillé de manière élégante et Ema le trouve beau. Mais il continue à gérer l'espace avec la même méthode et le même calme, prenant le temps de poser sa montre bien à plat sur la table de chevet.

Puis il la rejoint enfin sur le lit et relève sa robe. Elle se laisse faire pendant qu'il lèche ses seins et que ses mains remontent entre ses cuisses. Ses gestes sont lents et appliqués, comme s'il cherchait encore à temporiser son désir.

La jeune femme a souvent imaginé ce moment et, maintenant qu'il est venu, elle éprouve comme de l'indifférence, absente de la scène qui est en train de se dérouler. Lucide, elle visualise d'un côté toutes les constructions qu'elle a pu élaborer autour de son désir et de l'autre Paul et elle, sur le lit, sans parvenir, malgré ses efforts, à relier les deux.

Paul se couche sur elle et le trouble lui arrive enfin, par ce geste qu'il a de remonter ses jambes un peu plus haut, à chaque fois, pour pénétrer en elle. Mais il jouit vite et, avec la frustration, revient très précisément le désir.

Ema est très déçue d'être encore passée à côté et se demande si elle en est responsable ou si son amant a consciemment accéléré les choses, soucieux, une fois de plus, de ne pas se laisser dépasser par ses sentiments. À l'intérieur de son corps, le désir forme un point dur et chaud, dont la force l'étouffe un peu et l'empêche de converser librement avec Paul. Il y a une composante hémorragique dans son envie. Si son amant voulait la prendre à nouveau, quelque chose risquerait de s'épancher.

L'homme, lui, semble à l'aise, ne prend pas la peine de se rhabiller pour déambuler dans la pièce et laisse même la porte de la salle de bains grande ouverte. Mais ce naturel-là est sans mystère pour la jeune femme et ne constitue pas la «mise à nu» qu'elle espérait.

Pourtant, Paul, même s'il est souvent inattentif, ne peut pas manquer de remarquer la ride de contrariété sur le front d'Ema. «Je vais essayer de nous ouvrir un nouvel espace», avait annoncé l'homme au salon de thé. Cette tentative manquée, il se l'imputera plus tard, mais en se reprochant de ne pas être allé assez loin.

«J'aurais dû tout quitter pour vivre ce qu'on avait à vivre mais voilà, je n'en avais pas le droit», dira encore l'homme à Ema.

Maintenant qu'ils ont fait l'amour, la jeune femme ne sait plus que faire du temps restant pour leur rendez-vous. Paul a réservé la chambre pour la journée.

Elle a perdu l'utilité de l'espace dont ils disposent. La pauvreté du décor lui devient insupportable, elle aimerait hâter leur départ mais se demande encore comment occuper cet endroit à côté du lit, ce coin salon avec sa télévision et son canapé. C'est là que l'homme choisira finalement de s'asseoir, avant de partir, au terme de leur rencontre, Ema sur ses genoux, comme une petite fille.

Le Novotel du bord du lac

Le lendemain de leur rendez-vous raté, Ema, intriguée, se repasse en boucle ce moment de trouble très court, à l'arrivée de Paul, lorsqu'elle avait pris peur du temps neuf dans lequel ils basculaient et s'était sentie femme d'une manière tout à fait inédite et suffisamment exaltante pour l'aider à relativiser par la suite sa déception.

Elle finit par se convaincre que l'état d'abandon tant recherché avec Paul était certainement là, à portée de leurs mains, et qu'il suffirait peut-être de recréer cet instant de trouble charnel pour leur offrir une nouvelle chance.

Trois semaines après, elle propose à son amant de le rencontrer, non plus dans un cadre neutre, mais au cœur d'un de ses fantasmes, dans une chambre du Novotel de Créteil. Cette ville perpétuellement en chantier a longtemps incarné pour l'enfant qu'elle était l'idée d'un ailleurs qui la faisait rêver.

Novotel, « Nouvel hôtel ». Le premier de cette chaîne, où elle s'était arrêtée avec ses parents, dans son enfance, était installé au milieu des vignes, quelque part vers Perpignan. Porte-clefs carré en plexiglas. Odeur de neuf associée à l'idée de futur. « Il y a sûrement une piscine », avait dit la mère à sa fille.

Elle se souvient encore de son père se glissant dans des draps lisses au milieu de la journée. Des fenêtres octogonales. De sa mère qui tire les voilages en tergal pour la sieste, comme on referme les rideaux d'une capsule.

Ces souvenirs transportent la jeune femme dans un temps rond et révolu, un temps où ses parents étaient encore là. Un ailleurs simple et dépouillé, à l'image du décor de la chambre, où la mère, en tenue courte des années 70, se hisse sur la pointe des pieds pour atteindre un rideau.

À l'endroit où se tient aujourd'hui le Novotel de Créteil se trouvait un grand terrain vague, puis un lac artificiel a été construit, et seulement ensuite l'hôtel. De la terre, tout autour, sont sortis des immeubles aux formes novatrices, grappes de choux et balcons en losange de toutes les couleurs. L'urbanisation croissante a encerclé le bâtiment, le confinant dans un îlot, désormais juste séparé de la ville par une grande route et un remblai. Sur la surface paisible du lac, l'élément liquide renvoie comme un miroir le reflet d'autres miroirs, les façades de verre des immeubles environnants.

Ema a cinq ans, elle accompagne ses parents dans un lieu qu'elle ne sait pas situer, pour veiller à l'avancée des travaux d'un appartement qu'ils ont acheté sur plan. Devant elle, un vaste terrain et, placées aux quatre coins de cet espace grandiose, des machines de chantier comme des points cardinaux. Un monsieur tient des documents d'une main, et désigne de l'autre quelque chose au loin. Le spectacle impressionne la petite fille autant que si elle faisait ses premiers pas sur la Lune.

Mais les années passent et la visite ne se reproduit pas. La vie des parents continue, suit son cours ordinaire. De là-bas, Ema ne reçoit que quelques échos, le studio qu'on meuble pour le louer, la valse des locataires. Le nom de Créteil, toujours, évoque pour elle un enchevêtrement de lignes et de courbes, un espace non fini, une géométrie de l'ailleurs.

À l'accueil, un badge magnétique remplace le porte-clefs en plexiglas. Dans la chambre, parfum de couette fraîche. Chez nous, comme chez vous. L'idée du futur a été remplacée par un présent standardisé et confortable. Les voilages en tergal de ses souvenirs ont cédé leur place à des rideaux occultants, dans des tons beiges, qu'elle entrouvre à moitié. Vue, au loin, sur les immeubles et la ville, et en contrebas sur le parking.

Paul arrive par là justement, l'air préoccupé, marquant un temps d'arrêt avant de s'engager dans l'hôtel, comme Ema l'a déjà vu faire à une ou deux reprises. Elle s'amuse alors à l'imaginer, immobile devant la porte, gardant sous contrôle ses émotions ou se cherchant une contenance peut-être, comme on passe une main sur son visage avant d'entamer autre chose.

Dix minutes après s'être isolé dans la salle de bains, l'homme appelle Ema pour qu'elle vienne l'y rejoindre.

La pièce est plus grande que dans les souvenirs de la jeune femme. En plus de la baignoire, elle offre maintenant une double vasque, un grand miroir éclairé par deux appliques transversales en forme de flambeaux, plusieurs tiroirs de rangement gris laqués, équipés de poignées en inox.

Lors de leur dernier rendez-vous Ema s'était mise nue sous sa robe pour lui faire plaisir, c'est au tour de Paul aujourd'hui de s'attacher à satisfaire un de ses fantasmes.

— Tu rêvais qu'un homme te lave les cheveux, lui dit-il tout en désignant la baignoire, dont les lignes pures ne sont plus dissimulées par un coffrage en bois associé, dans les années 70, à un revêtement de sol en plastique bleu pétrole.

L'homme ôte d'un geste sec la serviette qu'il avait nouée à sa taille après s'être lavé, dévoilant son ventre creusé au bas de son torse musclé. Ema ne peut s'empêcher de lire dans cette récente perte de poids les traces du désordre provoqué par leur liaison. « Est-ce que tu dors bien ? Consommes-tu plus d'alcool qu'auparavant ? » lui demande souvent Paul, comme s'il était possible de garder le contrôle par des considérations hygiénistes dans ce genre de relation.

La jeune femme enlève ses vêtements, plie un peu son corps pour ménager une place à son amant, qui s'agenouille derrière elle, une douchette à la main, et tourne les robinets fixés à la baignoire, au lieu du bloc jet de l'époque posé sous le lavabo, qui commandait à la fois la fonction bain et douche.

— Tu aimes comme ça ? demande l'homme en lui massant les cheveux lentement.

— Oui, répond Ema, en s'abandonnant entre ses mains.

Le regard de la jeune femme glisse sur les grands carreaux anthracite qui habillent le mur de la salle d'eau, à la recherche des petites faïences beige clair de ses souvenirs. Elle se rappelle encore le dessin qu'elles formaient, deux colonnes verticales d'un marron plus foncé et, dans l'intervalle entre ces bandes de couleurs, des carreaux qui s'égaraient de manière aléatoire, comme des atomes soumis à une agitation. Son regard s'attarde sur le large miroir et ses souvenirs rejaillissent avec plus de force encore.

Pendant son séjour à l'hôtel avec ses parents, elle avait scruté le moindre détail de la salle de bains à la recherche de la plus petite fissure, d'une aspérité formant comme un passage pour s'évader, et s'était raconté des histoires, que la poignée intérieure ronde en métal, par exemple, pouvait tourner toute seule, et que quelqu'un, homme ou femme, allait surgir de derrière la porte pour la caresser.

Cette superposition troublante des deux images, celle de l'enfant, dans la salle de bains du Novotel d'alors, et de l'Ema de maintenant, nue devant son amant, procure presque autant de plaisir à la jeune femme que le désir enfin manifesté par Paul d'assouvir ses fantasmes.

Pourtant, elle sent que le regard de l'homme la guette, qu'il est à l'affût de ses réactions, et cette façon de faire finit par la mettre mal à l'aise.

« L'observation est la première qualité d'un vendeur », lui avait un jour déclaré son amant, surjouant le chef d'entreprise, avant de dérouler tout un discours sur le rapport avec la clientèle. Un client doit être captif, avait-il entrepris de lui expliquer. Il faut éviter à tout prix de le mécontenter, sinon il sort de ce cercle de captivité, et alors tout est à reprendre depuis le début.

Cette vision cynique des histoires sentimentales, qui seraient basées sur la seule convergence d'intérêts, attriste franchement la jeune femme.

L'eau chaude coule maintenant sur les cheveux d'Ema, sur son visage. Paul l'invite à se lever pour pouvoir la rincer entièrement.

— Tu ne sais pas l'effet que cela me fait de te voir dévêtue comme ça, contre moi, dit l'homme. Au fond, je crois que la vulnérabilité des femmes m'excite.

Paul lui avoue, sur le ton d'un constat et sans états d'âme, avoir commis quelques indélicatesses par le passé. Il en raconte une, mettant en scène son avant-dernière compagne, qu'il avait laissée le jour de leur rupture, inconsolable, baignée de larmes au milieu de l'appartement, en tournant simplement les talons, comme un salaud, pour échapper au désir brusque qu'il avait de lui faire l'amour.

La jeune femme adore écouter Paul parler de son passé. Lorsqu'il commence, ses souvenirs jaillissent de manière désordonnée dans une logorrhée libératrice, comme s'il avait vécu plusieurs vies et que chacune d'elles s'était achevée de manière assez brutale, sans qu'il ait pris ensuite le temps d'y repenser jamais.

Ces anecdotes stimulent l'imagination d'Ema. Tour à tour elle se représente ces femmes, les fait défiler comme des figurines devant ses yeux. Elle les manipule d'autant plus aisément qu'elles sont affublées de traits de personnalité grossiers. Certaines lui sont totalement étrangères, mais elle prête à d'autres des sentiments qui pourraient être les siens, et les plaint. Elle trace parfois en pensée une chronologie de Paul à travers ses différentes conquêtes. Il lui arrivera encore, après leur séparation, de refaire ce chemin mental, comme si cela pouvait lui donner les clefs manquantes, éclairer peut-être quelque chose.

Elle se demande si Paul comprend vraiment de quoi est précisément fait son fantasme. Qu'en a-t-il perçu ? Se rend-il compte que lorsqu'ils ont l'occasion d'échanger sur leurs passés respectifs, la communication se fait fluide et excitante ?

Pour le savoir, la jeune femme se risque à lui expliquer ce qu'elle ressent. Elle lui parle du miroir de la salle de bains, qui vient de lui servir de moyen de passage – comme Alice dans le conte de Lewis Carroll – pour retrouver ce temps où, enfant, coincée au milieu du couple de ses parents, elle appelait de ses vœux « l'autre », une présence masculine. Elle tente de lui décrire comment, en remontant toujours plus loin, elle aimerait mettre à jour son vide originel, celui qui suscite le désir. Elle s'aventure même à lui raconter ses promenades dans le chemin vicinal, capable, comme le miroir, de déformer la notion de temps et d'espace.

Paul l'écoute sans un mot, il ne partage pas sa propre

expérience des relations filiales. On dirait qu'il se laisse bercer par le son de la voix d'Ema, attitude de dévotion charmante mais qui finit par tarir les paroles de la jeune femme.

— Tu sais, je suis quelqu'un de primaire, dit-il en guise d'excuse à une Ema déçue, qui en conclut que, comme elle le craignait, son amant n'est pas prêt à s'investir complètement mais cherche surtout à se rattraper de leur dernier rendez-vous manqué.

Le voilà, d'ailleurs, qui laisse maintenant courir ses mains sur elle. Puis il se baisse, pour placer son visage entre ses jambes. Pendant qu'il goûte son sexe, Ema sent son corps qui se tend, puis ses poings qui se ferment, anticipant un plaisir à sa portée.

« C'est un prêté pour un rendu », pense-t-elle cyniquement, après qu'il l'a fait jouir. Cette réaction comptable qui ne lui ressemble pas attriste aussitôt la jeune femme et la renvoie à un fort sentiment de solitude. Affectivement, ces derniers temps, sa relation avec Paul, au lieu de lui insuffler de l'énergie, lui en enlève.

Un quart d'heure plus tard, l'homme, qui s'est déjà trop attardé, doit partir précipitamment, laissant Ema, moins pressée, finir de se préparer et ranger leur désordre. Il hésite un moment sur le seuil, manifestant très visiblement son inquiétude, comme si le sentiment d'un décalage avec sa maîtresse l'avait lui aussi perturbé et que, dans ces circonstances, il jugeait de plus en plus hasardeux de laisser derrière lui l'idée de son absence.

Après son départ, la jeune femme s'efforce de rassembler ses pensées au milieu de cet espace, qu'ils ne se seront une fois de plus pas appliqués à refermer ensemble.

Le tourniquet

Au cœur du quartier de Paul se trouve un bloc de trois petites résidences autour desquelles les pavillons ont été construits. Des commerces, une pharmacie, une boulangerie et une supérette, sont venus s'installer progressivement à leur pied, pour finir par former un mini centre commercial présentant l'avantage de rester ouvert le dimanche.

Pour y accéder, il faut se garer sur un parking prévu à cet effet, passer devant un groupe de pavillons, avant de rejoindre une petite allée qui débouche sur la place centrale avec ses magasins. Pour éviter que les clients ne traversent le lotissement en voiture, le sentier qui constitue une impasse, y compris pour les motocyclettes, est jalonné de ralentisseurs et s'étrangle sur un étroit tourniquet. Celui-ci n'a jamais été remplacé et la croix horizontale, qui a vite été rouillée et grippée, oblige les piétons à se contorsionner pour pouvoir passer.

Sur la droite, juste avant que l'on s'engage dans l'allée,

débute la rue de Paul. De ce carrefour, on peut apercevoir l'avant de la voiture de l'homme s'il est chez lui, une petite fraction du toit, la plus grande partie étant masquée par un arbre, le cache-moineaux peint en blanc et deux des trois colonnes retenant la zone la plus avancée de la toiture.

Aperçus depuis cet endroit, les éléments de façade, portes, fenêtres, entrées de garages, se fondent dans une masse confuse, comme si les maisons de la rue ne formaient finalement qu'une seule et unique habitation, dont les ouvertures se distribueraient à l'infini.

Il arrive qu'Ema vienne faire ses achats dans ce quartier le dimanche et en période de vacances.

Pendant sa relation avec Paul, elle n'omettait jamais de tourner la tête vers la droite, en atteignant le carrefour. Le prétexte des courses l'autorisait à jeter un coup d'œil sur le pavillon de son amant et lui permettait de maintenir la distance. À l'entrée de l'impasse, son pas se faisait plus léger, tout à son idée que l'homme pourrait l'apercevoir et peut-être même la rejoindre. Mais alors qu'elle arrivait près du tourniquet, il se produisait une sorte de flottement, une baisse de sa motivation à poursuivre la route.

Ema et Paul ne sont jamais retournés au Novotel de Créteil. Dans les mois qui ont suivi, ils se sont rencontrés de manière toujours aussi irrégulière, jusqu'à ce que la jeune femme décide de mettre fin à leur relation.

L'homme lui avait parlé de l'appartement parisien d'un ami qui allait se libérer et qu'il pensait justement prendre en sous-location. Mais Ema lui avait expliqué qu'il était maintenant trop tard pour ça, que leur temps était passé et que son envie à elle l'avait quittée.

L'enseignement qu'elle avait fini par tirer des réponses de Paul à ses questions, leurs conceptions d'une relation amoureuse qui divergeaient, sans ajustements possibles, sa volonté d'un espace idéal dans lequel s'unir avec son amant et toutes ces choses qu'elle avait pensées et n'avait jamais eu l'occasion de lui dire, la jeune femme avait choisi de les garder pour elle.

Elle avait aussi conservé, précieusement, le sentiment d'avoir gagné en liberté, en découvrant avec lui un espace-temps qui n'appartenait qu'à elle, et qu'elle devait surtout s'efforcer de garder ouvert, sans céder à la tristesse de ne plus voir son amant ou à la tentation de se replier sur elle-même.

À voix haute, il s'était remémoré leurs premières discussions qui s'attardaient dans la voiture, et l'envie qui le prenait parfois de renverser Ema, là, sur le siège, pour l'embrasser. Mais pour l'emmener où, ensuite ? se demandait-il.

Puis, ce que supposait la location d'un lieu, les

conséquences sur sa vie familiale de cet investissement, la crainte même de ne pas être capable de l'occuper suffisamment pour satisfaire Ema, toutes ces questions l'avaient paralysé.

Après leur séparation, venir faire ses courses dans le quartier de Paul prend pour la jeune femme la valeur d'un test.

L'hiver de leur rupture, la neige tombe. Des toits des maisons du quartier sortent des conduits de cheminée en béton rudimentaires et noircis, juste chapeautés, d'où s'échappent de la fumée et une odeur de bois brûlé. Les flocons qui virevoltent dans l'air, rappelant à la jeune femme son propre sentiment d'éparpillement, confèrent au décor la fausse douceur d'un monde dans lequel les sons auraient été absorbés.

Quand un mouvement se produit du côté de chez l'homme, un véhicule qui démarre, la silhouette d'une personne sortant de la maison, Ema peine à garder le contrôle de ses émotions, assaillie subitement, comme par le passé, par une foule de questions : « Qui est chez lui ? A-t-il des invités ? Pour combien de temps restent-ils ? »

Mais elle ne prend la pleine mesure de son chagrin qu'une fois engagée dans l'allée, coincée entre le ciel bas comme une chape de plomb et les chicanes, triangles de béton fixés en dur sur le sol, agrémentés de frêles arbustes en leur centre. Tout au bout, le tourniquet lui apparaît comme un de ces endroits rituels, que les héroïnes de mangas, sac à dos et jupe courte, une grimace accrochée au visage, doivent traverser de manière récurrente à différentes saisons, avant de pouvoir s'en délivrer.

Puis, quelques mois plus tard, l'attrait de la maison de Paul commence à diminuer.

Certains soirs, en revenant des courses par ce passage, elle aperçoit les dernières lueurs du soleil couchant, qui éclairent le secteur des pavillons autour de chez l'homme.

De loin, l'alignement de sa voiture, des habitations, l'arc de la porte qui s'entrouvre, les silhouettes, même, n'apparaissent plus comme des personnes, mais plutôt comme ces « figures bâtons » que les enfants dessinent à gros traits et dont on se demande toujours si elles sont de face ou de profil.

Les signes de démarcation entre les maisons, bosquets et murets, ressortent plus nettement, et ressemblent à ces petits éléments de décor que l'on place dans les circuits de trains électriques.

Un vent semble être passé sur ce quartier, desséchant tout sur son passage, redessinant le tableau mais sans la chair. Pourtant, un point précisément, une saillie, accroche encore le regard de la jeune femme.

C'est l'avant du véhicule de Paul, son nez un peu bas dépassant à peine sur la chaussée qui lui remémore ces moments où elle le guettait quand il venait chez elle, ses manœuvres pour se garer, puis le haut de sa tête, sa démarche le corps légèrement penché vers l'avant, ce bruit de gorge entre le toussotement et le raclement, comme s'il voulait remettre en place quelque chose, la rapidité avec laquelle il se glissait vers le seuil de la maison.

Pour tenter de se préserver d'une rechute, la jeune femme se concentre sur un souvenir plus récent, ce matin où l'homme est passé devant chez elle en voiture et où il n'a pas tourné la tête, comme il ne pouvait s'empêcher de le faire depuis leur rupture.

Ce matin-là, donc, Ema était sortie de sa maison juste à temps pour l'apercevoir de profil, tête droite et nuque raide, « droit comme un *i* », avait-elle pensé, et Paul, dans cette rigidité, lui était apparu légèrement ridicule.

Ouvrage composé par Entrelignes (64).
Achevé d'imprimer
par l'Imprimerie Floch
à Mayenne, en novembre 2017.
Dépôt légal : novembre 2017.
Numéro d'imprimeur : 91871.

ISBN 978-2-07-276283-3 / Imprimé en France.

327085